LE DERNIER RITUEL

ROMEO BRIGANTE, T. 2

FLORIAN DENNISSON

© Florian Dennisson & Chambre Noire, 2020

ISBN : 979-10-95383-40-6

Prix public : 13,99€ TTC

Tous droits réservés.

Aucune partie de ce livre ne peut être reproduite sous quelque forme que ce soit ou par tout moyen électronique ou mécanique, y compris les systèmes de stockage et de recherche d'informations, sans l'autorisation écrite de l'auteur, à l'exception de l'utilisation de brèves citations dans une critique de livre.

À Cyril Godefroy
pour qui ma reconnaissance est sans limite

DÉPÊCHE AGENCE FRANCE-PRESSE

Paris, le 7 avril 2020

Le président de la République française est décédé aujourd'hui à 11 h 54 à l'hôpital Cochin où il avait été hospitalisé trois jours avant à la suite d'une défaillance cardiaque. La famille nous fait savoir qu'il s'est éteint parmi les siens, paisiblement. C'est Dominique Lambert, actuel président du Sénat, qui, comme le prévoit l'article 7 de la Constitution, assurera l'intérim. Des élections présidentielles anticipées sont d'ores et déjà programmées dans vingt jours à compter d'aujourd'hui.

1
———

La sonnerie du téléphone du salon me vrilla les tympans et je bondis hors d'un rêve que j'allais oublier une seconde après avoir ouvert les yeux. N'allez pas vous imaginer que c'était en pleine nuit ou au petit matin, j'étais juste en train de piquer un somme sur le canapé rincé du *living* quand ce satané bigophone a sonné la fin de la récré.

Ces six derniers mois, j'étais devenu un adepte inconditionnel de la sieste post déjeuner et être importuné de la sorte en plein milieu d'un rituel auquel je ne dérogeais jamais m'avait foutu en rogne. En plus, il n'y allait avoir aucune surprise, je savais déjà qui était au bout du fil. Aucune chance qu'on m'annonce que j'avais remporté l'Euromillions ou que ma trogne avait été repérée dans un casting sauvage par un producteur oscarisé. Ça faisait six mois, donc, que j'étais enfermé dans une turne déprimante plantée aux confins du somptueux petit village de Pont-en-Royans ; je dis somptueux parce que je sais maintenant que d'autres avant moi ont eu des problèmes en fustigeant certains patelins de notre belle patrie, mais en réalité, et en dépit de la beauté sans conteste de cette bourgade iséroise, ce somptueux petit village de Pont-en-Royans, je ne pouvais plus le voir en peinture !

À l'époque, je tenais le rôle de témoin protégé dans un programme ministériel qui en était à ses balbutiements – une sorte d'expérience visant à réduire les budgets toujours plus serrés qu'on imposait aux autorités judiciaires et à améliorer le quotidien de pauvres anonymes dont la vie était menacée par le grand banditisme, la mafia ou des huiles du trafic de drogue.

Mon histoire était plus simple, mais tristement célèbre. J'avais balancé tout ce que je savais sur un de mes anciens collègues, que dis-je, mon ancien boss, et j'avais même raconté dans les moindres détails comment s'était déroulé ce que les médias avaient appelé à l'époque *le casse du siècle*. J'avais pour ma part écopé de dizaines d'années derrière les barreaux et Antoine Perez – le patron-collègue en question – s'était volatilisé sans laisser aucune trace de son passage sur Terre à tel point qu'il semblait même aux enquêteurs que ce type n'avait jamais existé. Heureusement pour moi, la commandante Van Deren croyait bien en son existence et avait scrupuleusement noté tout ce que je déblatérais, comme si le but ultime de sa vie avait été de lui mettre les pinces et de le laisser croupir au violon jusqu'à la fin de ses jours. Il faut dire qu'Al Capone lui-même aurait été jaloux du CV du bonhomme.

Pendant six mois, à raison d'une fois par semaine, j'avais passé des heures à raconter par le menu les circonstances de tous les casses auxquels Perez avait participé ou qu'il avait commandités. Je n'en menais vraiment pas large et je n'étais pas fier de passer du statut de plus célèbre braqueur de sa génération à celui de plus grosse balance de l'histoire du banditisme. Mais la donne avait changé et entre-temps, mon ancien partenaire de crime avait menacé ma fille et mon père, mettant en danger les jours de l'une et de l'autre. Tony Perez avait franchi la ligne rouge et je n'avais pas eu d'autre choix que de trouver une solution pour mettre les miens à l'abri. C'est ainsi que j'avais raconté toutes les coulisses de nos méfaits pour le faire plonger et obtenir en échange une protection policière et judiciaire. Si un jour on m'avait dit que votre serviteur, Romeo Brigante, allait brader son honneur comme on revend au plus offrant une vieille bagnole qui a fait son temps, je ne l'aurais pas cru et j'aurais même ajouté à l'endroit de ce Nostradamus en carton quelques injures pas piquées des hannetons.

Tout ça pour dire que dans ce somptueux petit village de Pont-en-Royans, je me faisais chier comme un rat mort et encore, je suis gentil, je suis sûr que certains de ces petits rongeurs ayant passé l'arme à gauche se sont bien plus marrés que moi pendant ces six derniers mois.

Pas le droit de sortir, même pas dans le jardinet qui jouxtait la maisonnette (oui, tout est petit à Pont-en-Royans), sauf pour me faire escorter incognito dans une planque une fois par semaine pour raconter ma vie à Van Deren et à un de ses sbires qui recopiait tout ce qui sortait de ma bouche sur un ordinateur portable. C'est à ces seules occasions que le téléphone de la baraque me jouait sa douce mélopée et celle-ci se trouvait être aussi agréable que la fraise d'un dentiste qui vous fore une molaire comme s'il voulait y trouver du pétrole.

Seulement voilà, mon rendez-vous hebdomadaire avec les condés était déjà passé et c'est avec inquiétude que j'accueillis dans mes esgourdes cette troisième sonnerie stridente. Une boule de nerfs se forma dans mon estomac. Ça ne sentait pas bon.

— Allô ? fis-je, nerveux.

— Brigante ?

— Non, c'est Nestor, son majordome, je vais voir s'il est disponible, répondis-je sur un ton acide.

— Faites en sorte de rassembler toutes vos affaires. D'ici deux heures, une voiture viendra vous chercher.

— On peut connaître la raison ?

— Contentez-vous de récupérer tous vos effets

personnels : tout ce que vous oublierez ici sera jeté.

Le flic avait raccroché. Je savais que c'était un flic parce qu'il avait eu ce ton qu'utilisent ceux qui se sont pris des claques dans la tronche toute leur scolarité et à qui on a filé un tant soit peu de pouvoir des années plus tard. Mon cœur s'emballa et je restai quelques minutes au beau milieu de ce salon sombre et morne, essayant de visualiser comment empaqueter une demi-année de ma vie dans deux sacs de sport.

Quand les deux heures les plus longues de ma vie – j'exagère à peine – se furent écoulées, une voiture grise se gara en face de la maison. Les bleus sont ponctuels. Un grand brun aux yeux aussi noirs que son métier fit le tour de la caisse et vint à ma rencontre pour m'aider à transporter mes deux lourds sacs jusqu'au coffre. Les bleus sont parfois serviables. Nous ne nous adressâmes pas la parole avant que je m'enfonce dans l'habitacle, à la place du mort.

— Que me vaut le plaisir de votre venue ? demandai-je d'une voix faussement guillerette.

— J'en sais rien, je vous amène à la planque sur ordre de la commandante Van Deren, dit-il d'une voix robotique.

— Vous êtes nouveau ?

Sa tête pivota sur la droite pour me faire face et je crus presque entendre les circuits hydrauliques se mettre en branle. Si ses yeux noirs s'étaient tout à coup illuminés de rouge, j'aurais à peine levé un sourcil d'étonnement.

Pour toute réponse, il posa son regard sur la route et appuya sur la pédale d'accélérateur.

Quelques minutes plus tard, je fus conduit dans une des trois planques habituelles. Chaque semaine, on en changeait, c'était la seule chose qui pouvait briser la monotonie de ma vie de témoin protégé. Que voulez-vous, on s'émerveille d'un rien quand on s'emmerde !

Cette fois-ci, on avait rendez-vous dans le *studio*. Un petit appartement d'une seule pièce au cinquième étage sans ascenseur dont le parquet grinçait et dont le plafond était strié de poutres apparentes. Un clapier que n'aurait pas renié un étudiant aux Beaux-Arts du coin, si tant est que ce somptueux petit village de Pont-en-Royans dispensât un tel cursus estudiantin. D'après les scientifiques calculs du laboratoire de recherches qui me tenait lieu de cerveau, ce coquet studio devait bénéficier d'une belle vue sur le fleuve, mais jamais je n'avais pu l'apprécier, car les stores étaient toujours baissés.

Autour de l'unique table qui meublait la pièce, la commandante Van Deren se tenait, assise, la mine inquiète, mais la queue de cheval tirée à quatre épingles, toujours aussi rousse. Une chose m'interpella immédiatement : son écrivaillon de sbire n'était pas présent. Il y avait fort à parier que je n'étais pas là pour faire une nouvelle déposition.

Le grand *robocop* qui m'avait accompagné jusque-là fit demi-tour et disparut de l'appartement, nous laissant seuls, la commandante et moi.

— Assieds-toi, me dit-elle comme s'il y avait une alternative possible, comme jouer du pipeau ou aller me servir une bière fraîche dans le frigo.

Je m'exécutai – on ne discute pas l'ordre d'un flic qui a essayé de vous sortir de la merde dans laquelle vous vous êtes fourré tout seul – et j'attendis qu'elle lance les hostilités.

— Bon, reprit-elle dans un souffle qui n'augurait rien de bon, j'ai plusieurs choses à te dire.

En général, quand on se sent obligé de faire une introduction aussi inutile que ça avant d'annoncer un truc, c'est en général que ça ne va pas plaire à l'interlocuteur.

— Je vous écoute, lançai-je, tentant d'égaler le degré d'inutilité des propos tenus.

— Commençons par la mauvaise nouvelle.

Bingo !

Elle continua :

— Après six mois de dépositions, de paperasse et d'enquête – et pour ça, au nom de toute la DIPJ[1], je dois te remercier pour ton aide précieuse et ta bonne volonté –, l'affaire Perez arrive en bout de course. Comme tu peux t'en douter, il y a eu pas mal de changements ces derniers temps et le ministère de la Justice a décidé de couper court au programme de protection de témoin dont tu bénéficiais. T'as bien dû sentir le truc arriver quand ta fille et ton père sont partis, non ?

Elle venait de faire allusion à la façon dont s'étaient déroulés les événements après notre arrivée. Étant donné que messire Tony Perez avait décidé de faire pression sur moi en portant atteinte à l'intégrité de ma fille, Éléonore, et à celle de mon père, Giuseppe, ces deux-là m'avaient accompagné dans cette nouvelle aventure. Ma petite Léo m'avait été retirée quelques jours après notre arrivée et mon paternel avait été envoyé dans une maison de retraite sous un faux nom – mais à mes frais cette fois-ci – après à peine un mois de vie commune dans notre planque de Pont-en-Royans. À l'époque, je m'étais posé pas mal de questions et je m'étais figuré que les raisons étaient beaucoup plus complexes qu'une simple coupe budgétaire, mais Van Deren n'avait pas tort, ça donnait le ton.

— Où est-ce que vous voulez en venir ? demandai-je pour la relancer alors qu'elle plongeait son regard dans le mien sans rien dire.

— C'est simple, le programme s'arrête et on te ramène chez toi.

— Et l'affaire Perez ?

— Il n'y a aucun élément dans toutes tes dépositions qui permette de le confondre ou de mettre en œuvre la moindre investigation. Pourtant, le juge d'instruction qui me suivait sur ce dossier avait autant envie que moi de voir Perez derrière les barreaux. Mais les faits sont soit trop vieux, soit trop vagues.

Je frappai la table du poing et elle sursauta.

Je serrai les dents à m'en faire péter tous les plombages. Je venais de me griller sur toute la ligne en bossant main dans la main avec les flics et ils n'avaient même pas été foutus de transformer ma trahison en victoire judiciaire. Quelle bande de branquignoles !

— Et quoi, maintenant ? Vous allez relâcher une balance, comme ça ?

Van Deren ferma les paupières lentement.

— Perez est toujours dans la nature, repris-je, et il pense, à juste titre, que j'ai changé mon fusil d'épaule et que j'aide la police, vous pensez qu'il va faire quoi ? Pour lui, je suis un traître, et d'où on vient, les traîtres ne méritent que la mort.

— Tu viens de passer six mois au vert, t'es passé sous tous les radars ; à mon avis, il ne te cherche plus.

C'était mal connaître Perez...

Dépité, je soupirai et passai une main dans ma barbe. Van Deren n'avait aucune idée de ce que Tony pouvait faire aux balances. Moi, j'en avais vu, des Judas, se faire passer un sacré savon, et par savon, je veux dire se faire tremper les bourses dans de l'acide de batterie.

— Vous me déposez chez moi avec mes deux sacs comme un vulgaire tapin qu'on vient de souiller, là, comme ça, sans un merci ?

En temps normal, c'était plutôt la commandante qui était abonnée aux bons mots de ce genre, si bien que lorsqu'elle ouvrait la bouche, on avait tout à coup une image beaucoup moins glamour de la belle rousse qu'on avait devant soi. Moi, ça ne me dérangeait pas, au contraire, je trouvais ça plutôt original, mais il fallait avouer que ça devait en faire fuir plus d'un... ou plus d'une, ne présumons de rien !

— C'est là que j'en arrive à ma bonne nouvelle, dit-elle en esquissant un sourire qui, pour moi, restait un sourire de flic. Pour ce qui est de l'affaire Perez, je ne vais pas m'arrêter à une question de budget. Si j'avais dû abandonner à chaque fois qu'on m'a demandé d'obtenir les mêmes résultats avec seulement la moitié des moyens que j'avais le jour d'avant, je ne serais plus là et, qui plus est, j'aurais été bien conne de choisir la fonction publique. Les réductions budgétaires chez les flics, c'est aussi courant que les grèves à la SNCF. Tout ça pour dire que j'ai peut-être trouvé la solution pour qu'on continue notre collaboration en sous-marin tout en t'attribuant une fonction officielle au sein de la police.

Qu'est-ce qu'elle racontait ? Je secouai la tête par réflexe.

— Fais pas cette tronche, tu vas comprendre, reprit-elle comme si elle lisait dans mes pensées. On vient de se choper à la Crim' une affaire qui ne sent pas bon. Ça va faire les gros titres et nous, les gros titres, on n'aime pas ça du tout. Il y a quelques jours, un type a été retrouvé mort chez lui dans des circonstances plus que louches et...

— Des circonstances plus que louches, c'est-à-dire ? la coupai-je.

— Je peux rien te dire tant que tu n'es pas officiellement de la partie, répondit-elle alors que je fronçais les sourcils, mais crois-moi sur parole, ce qui est arrivé au type, on ne le voit que dans les films. Bref, après m'être creusé les méninges sur les premiers éléments de l'enquête, j'ai trouvé quelque chose qui pourrait être notre solution.

— Je pige pas, dis-je de but en blanc, et c'était vrai, je ne pigeais pas.

— Ce type, notre macchab, est lié à une ancienne de tes connaissances et on aurait bien besoin que quelqu'un aille fourrer son nez dans son entourage. D'autant plus que le milieu dans lequel il évolue est, disons, plutôt opaque...

Je voyais le coup fumer à des kilomètres, mais je lui laissai la primeur de l'annonce.

— On a besoin de quelqu'un qui soit en immersion sur cette affaire et ça ne peut pas être un flic.

Comme elle tournait autour du pot, j'arrachai le pansement à sa place :

— Vous voulez que je devienne votre indic ?

Je vis ses dents blanches apparaître derrière ses lèvres.

— Hors de question ! hurlai-je. Je suis peut-être une balance, mais je refuse de signer un CDI avec la volaille !

Je me levai brusquement ; son visage s'assombrit.

— Joue pas au con, Brigante. Je te donne la

possibilité de rester sous ma protection et par là même de continuer à avancer sur l'affaire Perez.

— Perez, c'est une chose : il a kidnappé ma fille pour me soutirer du fric et il a voulu faire cramer mon père ! Je veux qu'il finisse sa vie au ballon, mais ne me demandez pas de vous filer la main sur d'autres affaires ; c'est vos problèmes, pas les miens.

Je fis demi-tour et me dirigeai vers la sortie. Nul doute que Robocop attendait derrière la porte, mais cette fois-ci, je sortais en homme libre. Plus de thunes, plus de protection. *Vous pouvez pas me retenir, les gars, je me tire et merci pour le chocolat !*

— T'as tort de réagir comme ça, Brigante. Sans mon aide, tu vas finir coulé dans le Rhône !

— Ça tombe bien, j'ai toujours aimé la pêche au silure !

J'ouvris la porte. Comme prévu, le grand brun se tenait sur le seuil et il fit mine de m'arrêter dans mon élan mais Van Deren lui adressa un signe de tête. Il m'accompagna jusqu'à son véhicule et, une fois à l'intérieur, je martelai le tableau de bord de trois coups de poing violents.

Van Deren rejoignit Robocop et ils disparurent de mon champ de vision vers l'arrière de la bagnole. À peine une minute plus tard, le flic s'installa derrière le volant et se tourna vers moi :

— Je vous ramène à votre domicile ?

— Non, fis-je en secouant la tête, j'ai une autre idée.

2

———

La route allait être longue. Plus de deux plombes de caisse en compagnie de notre ami le robot-flic qui n'allait pas me décrocher un mot du voyage. Je repensai à ce que m'avait dit Van Deren : *Tu vas finir coulé dans le Rhône.* Je ne sais pas si elle était au jus des techniques utilisées par le milieu du grand banditisme pour faire taire des témoins gênants, mais elle n'était pas tombée loin. Si Perez venait à savoir que j'avais passé six mois à baver sur lui et que j'avais fait la liste de tout ce qu'il avait entrepris de contraire à la loi depuis que je le connaissais, j'avais toutes les chances de me faire payer une paire de groles en béton sur mesure et qu'on me force à aller tester la température du fleuve.

Je secouai la tête pour faire fuir ces pensées négatives, dégainai mon téléphone portable et l'allumai pour la première fois depuis six mois. Je composai le numéro de Léo et me ravisai aussitôt.

Je ne voulais pas que Robocop laisse traîner ses sales oreilles bioniques dans mon intimité. Un SMS ferait l'affaire. J'indiquai à ma fille que je venais à peine de sortir de ma cache et qu'après six mois sans voir sa bouille, je n'aurais pas été contre le fait de la croiser, si elle en avait le temps.

En attendant sa réponse, je posai mes mirettes sur la route. De la verdure à n'en plus finir et au loin, un paquet de nuages gris comme une déprime s'amoncelaient au-dessus de notre destination. Un joli comité d'accueil pour un retour forcé dans la capitale des Gaules.

Pour être honnête, je n'étais pas mécontent de revenir dans la ville qui m'avait vu naître, qui m'avait jugé, emprisonné, libéré puis failli tuer. Je sais, ça fait beaucoup de sentiments contradictoires, mais c'était un peu à l'image de ma vie d'avant : l'adrénaline de surfer sur la ligne rouge, le râtelier tout sourire et puis la peur de se faire pincer, qu'on cache aux autres comme un nounours d'enfance sous son coussin pour les soirs d'orage.

L'image de Perez me revint en tête. Il avait monté tout un stratagème pour me soutirer mon pognon, celui du *casse du siècle*, celui que même les plus fins limiers de la flicaille n'avaient pas retrouvé, celui qui devait m'assurer une petite retraite peinarde. Pourquoi ? Le boss des monte-en-l'air avait-il des problèmes de trésorerie ? Impossible ! Il avait totalement disparu des radars, laissant un fantôme et une légende derrière lui dignes du Keyser Söze dans *Usual Suspects* et j'arrête ma phrase ici, sinon je vais vous spoiler la fin du film. Il avait gagné bien plus qu'un homme ne pouvait dépenser dans une vie et quand je dis gagner, je parle de soutirer des talbins par paquets de mille à tout ce qui pouvait utiliser un coffre-fort : banque, casino, poste, etc.

On avait bien turbiné, Perez et moi, un Espingouin et un Rital pillant le trésor français, de quoi alimenter toutes les thèses des fachos de tous bords. On avait eu la belle vie, fait de belles opérations et quand je dis opérations... Enfin, vous voyez, quoi. Je n'arrive pas à me foutre dans le crâne que ce type que j'ai protégé toute ma vie, que je n'ai jamais balancé et pour qui j'ai pris quinze piges de cabane comme ça, gratos, m'en veuille à ce point, au point de s'en prendre à la chair de ma chair. Peut-être qu'il n'en voulait qu'à mon fric finalement. On se l'était toujours dit : *business is business*, l'argent n'a pas d'odeur. En l'occurrence, le mien, si. L'odeur de pisse et de renfermé que gravent dans une mémoire olfactive des années de privation de liberté au sein du système carcéral français. Mais j'ai payé, ce pactole est à moi, je l'ai mérité, je ne payerai pas deux fois.

— Hôtel de Paris, c'est ça ?

Les circuits électroniques de Robocop venaient de se déverrouiller.

— Ouaip, merci pour la course, je vous dois quelque chose ?

Raté. Je pensais au moins lui faire décrocher

un rictus avec celle-là, mais faut croire que ses concepteurs n'avaient pas prévu de faire fonctionner ses muscles zygomatiques.

La voiture ralentit puis s'arrêta juste devant l'entrée de l'hôtel. Je récupérai mes sacs et adressai tout de même un petit signe de tête au flic. Deux plombes à jouer les taxis en compagnie d'un ex-taulard, ça méritait quand même une petite politesse.

L'hôtel de Paris n'avait de Paris que le nom. Sa façade ocre, typique de l'architecture italienne qu'on trouve sur les vieux bâtiments de la presqu'île lyonnaise, me renvoyait à des souvenirs du pays de mes ancêtres. Ces fenêtres étroites aux arches saillantes surmontées de chapiteaux aux bas-reliefs élégants dont des colonnes de style ionique tenaient lieu de montants conféraient au bâtiment une classe qui semblait à l'abri des frasques du temps.

À l'intérieur, c'était tout le contraire. La moquette de l'entrée n'aurait pas fait tache dans le moindre Formule 1 de banlieue et, à droite et à gauche, était disposé du mobilier dépareillé qui n'était pas sans rappeler une vente de meubles chez Emmaüs. Le tout était finalement plutôt rassurant, car on présumait alors d'un prix plus modeste des chambres que la façade ne l'avait suggéré de prime abord.

Un grand noir fin et sec comme un coup de trique se tenait là, derrière le comptoir de la réception, écarquillant les yeux et ouvrant les bras à mon arrivée. Je lâchai mon barda et courus lui donner une accolade.

— Romeo !

— Ibrah ! Comment ça va, mon pote ?

Après notre chaleureuse embrassade, il fit un pas de recul et me toisa.

— T'avais disparu ou quoi ?

— Longue histoire.

Il plissa les yeux. Je sus immédiatement ce qui se tramait à l'intérieur de sa caboche, c'était comme si je pouvais en voir les rouages. Il venait de se dire que j'avais replongé, ou en tout cas, l'idée avait effleuré son esprit. Dans le milieu fermé des bandits, une absence prolongée était souvent signe de mise à l'ombre ou de bien pire... Quand ça durait trop longtemps, on s'attendait à recevoir un courrier d'un quelconque croque-mort, mais quand on réapparaissait après avoir écopé d'un séjour au frais, on fournissait en général des réponses courtes aux questions qu'on nous posait. Du style de celle que je venais de faire.

Je le rassurai sur-le-champ :

— T'inquiète, c'est pas ce que tu penses. T'as une piaule pour un vieux copain ? Je paye.

Ses sourcils demeurèrent froncés, je n'étais pas arrivé à le rassurer.

— Mon appart est en travaux, j'ai besoin de poser mes affaires pour quelque temps, fis-je en récupérant mes deux gros sacs et en les brandissant à hauteur de son regard.

— Ton bar aussi est en travaux ? Comme j'avais plus de nouvelles de toi, je suis passé y faire un tour, y'avait des planches en bois à la place des vitrines.

— Je l'ai revendu. J'ai touché un petit pactole, alors j'ai fêté ça. Six mois de vacances au soleil, ça m'a fait du bien.

— T'es blanc comme un cul.

— Comparé à toi, oui, mais je t'assure, j'ai la trace du bronzage. Tu veux que je me dessape ou tu me crois ?

Il pencha la tête en arrière et éclata d'un rire sonore dont il avait le secret, toutes dents blanches dehors.

— Ah, mon vieux, tu me les auras toutes faites, dit-il en s'arc-boutant au-dessus de son écran d'ordinateur et reprenant l'air sérieux de celui qui gère un business.

Ibrahima N'Diallo. On ne pouvait pas la lui faire à l'envers à celui-là. Le meilleur pilote que j'aie jamais connu, un as des bagnoles, de la mécanique et surtout de la façon de les faire démarrer sans les clefs, quel que soit le modèle. C'était à lui qu'on faisait appel quand on avait besoin de véhicules. Il pouvait vous dégoter tout ce que vous vouliez. Un jour, pour déconner, j'avais lancé à la cantonade que pour réussir le casse sur lequel nous étions en train de bosser, il ne faudrait pas moins d'un tank pour passer le premier mur d'enceinte du bâtiment visé. La semaine suivante, devant notre planque en rase campagne, un vieux char Renault semblant sorti tout droit de la Première Guerre mondiale nous attendait sagement. Pas étonnant que le modèle datât de Mathusalem, puisque le Ibrah en question avait tout simplement piqué la relique dans un musée de l'armée à quelques centaines de bornes de là. Le bahut avait bien évidemment été restitué le lendemain, en catimini, mais le geste nous avait fait nous taper le cul par terre pendant des jours. Sacré Ibrahima ! Si jeune à l'époque, passionné de moteurs et de véhicules en tout genre, plus intello que monte-en-l'air, il avait la tête dans les livres, mais n'hésitait pas à plonger les mains dans le cambouis. Je crois que ses parents étaient des notables de Guinée et qu'il avait hérité de plusieurs biens immobiliers, dont cet hôtel, quand ils avaient passé l'arme à gauche.

— Je suis presque complet, mon vieux. Il me reste une toute petite chambre pour une personne, c'est pas...

— Ça m'ira très bien ! le coupai-je.

— Tu restes combien de temps ?

— Séjour longue durée.

Il hocha la tête d'un air de dire : « OK, j'ai compris, je pose pas de questions ». C'est la première chose qu'on nous apprend à l'école du banditisme. Pour faire de l'argent, le silence est d'or.

Mon ancien collègue se donna la peine de m'accompagner jusqu'à ma chambre et j'eus le privilège qu'il me porte un de mes sacs. Quand il avait dit « toute petite », il n'avait pas menti. J'avais l'impression de retourner au violon. Un frisson de malaise parcourut mon corps alors qu'il posait mon bagage au sol et me souhaitait un bon séjour.

La déco était à l'image du bric-à-brac de la réception. Moquette grise, tapisserie violette et assez d'espace pour pouvoir ouvrir le tiroir du minuscule bureau tout en restant allongé sur le lit. Deux tableaux du célèbre peintre Ikea étaient accrochés sans aucun souci de symétrie sur le mur de gauche. Marilyn Monroe et Albert Einstein me fixaient, l'une avec un regard aguicheur, l'autre tirant la langue. Manquerait plus que je partage la turne avec un mec qui a pris perpète et on était bon pour un plongeon dans le passé. Nostalgique, moi ? Certainement pas.

Je posais mon séant sur le plumard quand mon téléphone vibra. C'était Léo. Mon cœur subit un léger pincement avant de consulter son message.

« Tu m'as manqué. Si T dispo, parc des Hauteurs dans 1 h. »

Je lui répondis immédiatement par l'affirmative et entrepris de me débarbouiller avant notre rendez-vous. Six mois que je n'avais pas vu ma fille. Je vous l'accorde, ce n'était rien comparé aux quinze années que j'avais passées sans même connaître son existence, mais depuis qu'elle était entrée dans ma vie, je concevais difficilement le fait d'être éloigné d'elle. J'avais envie de tout faire en sa compagnie, comme pour rattraper en accéléré les quinze piges qu'on aurait pu passer ensemble. Quand on nous a exfiltrés de Lyon tous les trois – Léo, mon père et moi –, je vous mentirais si je vous disais que l'idée de me retrouver coincé avec ma fille vingt-quatre sur vingt-quatre ne m'a pas fait plaisir. Mais la réalité, comme à sa grande habitude, m'avait décroché une baffe dans la trogne sans sommation dès que j'avais baissé ma garde. Lacey Grubb, son Américaine de mère, avait écourté son séjour et était rentrée fissa du pays de l'oncle Sam pour venir au secours de sa fille adorée. Il faut la comprendre, la *madre*, sa gosse de quinze balais retrouvait son père en loucedé – un malfrat de catégorie supérieure – et en moins de temps qu'il ne faut à un banquier pour vous refuser un prêt immobilier, la petiote se faisait kidnapper et se retrouvait par la suite à plus de cent bornes de chez elle pour être cachée et protégée par le système judiciaire français. À sa place, j'aurais pété un câble. Et c'est ce qu'elle a fait. Si par un miracle inexplicable, il restait à mon ex le moindre atome, que dis-je, le moindre quark d'estime pour moi, ce malencontreux événement venait de l'anéantir. J'étais prêt à parier qu'à l'heure qu'il était, la daronne de Léo avait déjà concocté plusieurs poupées vaudou à mon effigie.

Alors que je déballais les affaires compressées dans mes deux sacs de sport, un bout de papier plié en deux virevolta pour atterrir sur le sol. Dans une bande dessinée, un gros point d'interrogation serait apparu au-dessus de ma tête. Je ramassai le bout de bristol et le dépliai. Un court message y était inscrit : « Si jamais tu changes d'avis, voici mon numéro perso ». Suivaient dix chiffres et enfin, la signature. C'était Van Deren.

Je chiffonnai la missive et tentai un panier à trois points en direction de la poubelle à côté du bureau. Panier ! Aucun mérite, le clapier était aussi grand qu'un placard à balais, ça réduisait les distances drastiquement.

3

Un peu moins d'une heure plus tard, je contournais la basilique Notre-Dame de Fourvière et m'engageais dans les sentiers qui serpentaient jusqu'au parc des Hauteurs. Sur ma gauche, à travers les feuillages des arbres, je pouvais admirer ma ville. Les rayons du soleil balayaient ses vieux bâtiments et projetaient des ombres douces sur ses rues animées. J'emplis mes poumons d'une grande bouffée d'air et accélérai le pas en direction de mon point de rendez-vous.

Deux adolescents se bécotaient sur un banc, l'un tenant en laisse un chien dont je n'aurais pu identifier la race – s'il en avait même une – et le pauvre clébard, sûrement las de ne pas être le centre de l'attention, tirait dessus à s'en étrangler avec son collier. Quelques mètres plus loin, une petite vieille faisait les cent pas autour du parc, longeant la basse clôture de métal, ses pas crissant sur les gravillons comme pour camoufler les grincements de sa carcasse. Plus loin encore, au fond, une sublime jeune fille aux cheveux noirs comme l'inquiétude éternelle d'un père marchait en cercles concentriques, son portable à l'oreille et le regard visant le sol.

Alors que je m'approchais de Léo, je vis que son visage semblait arborer une mine agacée. Elle me fit comprendre d'un geste de la main qu'elle en aurait terminé sans délai avec son interlocuteur. Je chopai quelques bribes de conversation et en conclus que la personne à l'autre bout du fil était bel et bien en train de lui pomper l'air. Quelques secondes plus tard, elle raccrocha et se jeta dans mes bras.

— Papa !

Un vague d'émotion me submergea et je serrai ma fille encore plus fort.

— Content de te revoir, lançai-je sans vraiment trop savoir comment démarrer une conversation avec une ado.

— Alors, quoi de neuf ? On t'a laissé sortir ?

— Apparemment, mon temps de planque est révolu. Finito. Y'a plus de sous, le programme est arrêté.

— Hein ? fit-elle dans un geste de recul. Je comprends pas.

— Avec toutes ces histoires d'élections anticipées, je sais pas, je pense que le gouvernement va devoir changer, ils ne veulent laisser aucune casserole derrière eux. Ça devait coûter trop cher, cette affaire.

— Je suis contente que tu sois là, en tout cas !

Elle s'approcha de moi et m'enlaça. Ne sachant pas trop quoi faire de mes bras, je les plaçai de nouveau autour d'elle et appuyai mon nez sur le dessus de son crâne pour sentir sa chevelure. Un doux mélange d'après-shampooing et de fumée de cigarette. J'espérais que la môme ne clopait pas, mais je décidai de laisser ces considérations de daron casse-bonbons pour plus tard.

Une longue minute s'égraina. La vioque fit un tour supplémentaire du petit parc et le couple sur le banc était toujours en apnée, grisé par les premiers sentiments amoureux. Au bout de l'étroit chemin qui menait jusque-là, j'aperçus deux silhouettes noires qui s'approchaient lentement. Trop loin pour distinguer leur visage. Portaient-elles des casquettes ?

— Viens, on s'assied, reprit soudain Léo.

Je m'exécutai alors qu'elle m'assénait une nouvelle question :

— Tu crois que je pourrais venir vivre chez toi, genre, en alternance ?

La réalité me mordit l'estomac et je me crispai.

— Euh... Franchement, là tout de suite, j'en sais rien.

Son visage s'ombragea et je regrettai immédiatement ma maladresse.

— Tu veux pas m'avoir dans les pattes, c'est ça ?

— Non, non, balbutiai-je comme un gamin pris en flagrant délit de torpillage de bonbons à la confiserie, c'est pas ça. C'est qu'il faut voir avec ta mère, et je suis pas sûr que ça se goupille bien, cette histoire.

Les deux ombres du bout du chemin étaient désormais au niveau de l'entrée du parc. Le logo sur leur veste me provoqua un frisson de malaise.

— Je sais, enchaîna-t-elle en faisant la moue, j'ai essayé d'en parler à Mom, elle m'a déjà tapé une crise quand je lui ai dit qu'on se voyait.

Le nœud dans mes entrailles se resserra d'un coup et mon dos perlait déjà de sueurs froides. À croire que l'évocation de sa mère me faisait le même effet que celle d'Adolf Hitler.

En parlant de nazis, les deux gonzes vêtus de noir se rapprochaient dangereusement de nous. C'étaient des condés.

— T'as dit à ta mère qu'on avait rendez-vous ici ? lançai-je soudainement en la fixant d'un regard noir.

— Pas exactem...

— Monsieur Brigante ? tonna l'un des deux flics.

Ils avaient l'air jeunes, trente ans à peine. La vie les avait-elle dégoûtés au point de cramer leurs meilleurs jours dans cet uniforme ridicule ?

— Oui, répondis-je.

Je ne mentais plus aux pandores depuis quelques années déjà. J'avais bien appris ma leçon. Je me demandai brièvement si la police française était tombée amoureuse de moi. C'est vrai, quoi ! Elle ne me lâchait plus la grappe. Une

Van Deren par-ci, un Robocop par-là et maintenant, ces deux pignoufs qui m'appelaient par mon
blase et allaient de toute évidence me chercher
des poux.

— Et vous, mademoiselle, vous êtes Éléonore
Grubb ? dit-il en prononçant son nom de famille
sans effort, de manière bien franchouillarde.

Ma fille opina du chef, plus surprise que réellement intimidée.

— Vous avez fait vite, lâchai-je, vous êtes venus
à vélo ?

Mon mini one-man-show ne décrocha aucun
rire dans l'assemblée.

— Va falloir me suivre, monsieur. Mon
collègue va rester avec la jeune fille.

Alors que je me levais, abdiquant face à l'autorité de l'État, Léo se rebiffa :

— Nan mais c'est quoi, ce délire ? Il a rien fait !

Le plus grand des deux flics me tira par la
manche avec virulence et m'écarta de la scène. Je
tournai rapidement le visage pour adresser un clin
d'œil à Léo dans le but de l'apaiser, lui dire que
tout était OK.

Nous nous éloignâmes, reprenant le petit
chemin en sens inverse sous les yeux de la petite
vieille qui s'était figée et des deux ados bouche
bée. Seul le clebs semblait plus intéressé par une
nuée de pigeons qui prenait son envol à travers
la frondaison que par le spectacle pathétique
d'un ancien taulard qui se fait escorter par la
police.

— Y'a un problème, monsieur l'agent ? tentai-je d'une voix faussement mielleuse.

— On t'expliquera ça au poste.

Et en un claquement de doigts, le gonze me tutoyait déjà.

Alors qu'on s'enfonçait sur le sentier qui montait en pente douce vers la basilique, j'entendis au loin la voix de Léo qui ordonnait à l'autre flic de ne pas la toucher. Pas de doute, le sang des Brigante coulait bien dans ses veines.

4

Allez en prison sans passer par la case départ ni empocher le pacson.

Je me retrouvai dans une cellule de GAV à côté d'un clodo qui devait avoir pris autant de bains dans sa vie que Louis XVI. C'est-à-dire deux. Ne voulant pas manquer de respect à ce pauvre type qui dormait déjà, je tentai des esquives discrètes pour m'éloigner le plus possible de lui et de son odeur dont la présence était si marquée qu'elle aurait presque pu prendre forme humaine. Le bougre ronflait et je me surpris à me demander comment il avait bien pu trouver dans l'unique bloc de béton qui décorait la pièce assez de confort pour s'assoupir. Mais je me ravisai vite, le gonze dormait dehors et pour lui, le mot confort avait quitté le dico depuis belle lurette. C'était sûrement devenu un vieux pote dont la présence se rappelait vaguement à lui ; uniquement les jours où le fruit de sa quête pesait un peu plus lourd que d'habitude.

Le jeune flic m'avait expliqué que la mère de Léo avait déposé à l'époque une plainte contre moi pour soustraction à l'autorité parentale, rien que ça. C'est donc tout naturellement que la *madre* s'était empressée de prévenir la police lorsque notre fille lui avait avoué à demi-mot qu'elle avait rendez-vous avec moi.

Le brigadier en question fit soudain son apparition au bout du couloir et se dirigea vers ma geôle.

— Brigante, je dois prendre ta déposition, me dit-il, toujours avec cette manie insupportable de me tutoyer.

Il ne me fit pas l'affront de me passer les pinces et je le suivis jusqu'à une salle où deux bureaux croulaient sous un bordel de paperasse et de boîtes vides de bouffe à emporter.

— Assieds-toi, aboya-t-il.

Il pianota sur son clavier quelques secondes et fixa son écran d'ordinateur, la lumière bleutée illuminant son visage comme celle d'un gyrophare. Je soupçonnais qu'il prenait un malin plaisir à étirer le temps avant d'en venir aux faits.

— Est-ce que tu veux voir un médecin ?

Je secouai la tête.

— T'as droit à la présence d'un avocat. Et tu peux passer un coup de fil, aussi.

Je répondis par la négative à toutes ses demandes, en silence. Ensuite, il me posa les questions d'usage puis, au bout de quelques minutes, il s'enfonça dans son siège et passa aux choses sérieuses.

— C'est qui pour toi, Éléonore Grubb ?

— C'est ma fille, rétorquai-je du tac au tac comme si j'étais habitué à fournir cette réponse.

La vérité est que j'avais dû prononcer ces mots à peine deux ou trois fois dans ma vie.

— C'est pas ce que dit son état civil, répondit le flic en me fusillant du regard.

— Écoutez, elle m'a annoncé que j'étais son pater il y a de ça quelques mois ; que voulez-vous, je suis crédule, je fais confiance à la petite.

— Bon, soyons sérieux. Qu'est-ce que tu foutais avec une gamine mineure dans un parc à l'abri des regards ?

OK. Il venait de mettre les deux pieds dans le plat, je n'aurais pas cru ça de lui et ça commençait doucement à me les briser.

— C'est parce qu'on était près de la basilique que vous dites ça ? Vous m'avez pris pour un prêtre ou quoi ? Je vous dis que c'est ma fille ! Ça fait six mois que je l'ai pas vue, elle m'a donné rendez-vous où vous m'avez cueilli, c'est tout.

— T'étais au courant qu'une plainte avait déjà été déposée contre toi ? Ça fait des mois qu'on te cherche.

— Bravo, vous venez de me trouver.

Je faisais le fanfaron, mais lorsqu'il évoqua cette fameuse plainte une seconde fois, la lame glacée de la trahison s'enfonça dans mes entrailles. Lacey me détestait à un point dont je venais seulement de comprendre le degré. Je coupai le flot de ces pensées négatives en secouant la tête.

— On reprend tout, relança-t-il, sentant sûrement que j'accusais le coup. Qu'est-ce que tu foutais avec la gamine, gros pervers ?

Gros pervers ? Le mot résonna dans la pièce et un frisson me parcourut l'échine. Je venais seulement de comprendre sur quel terrain ce poulet voulait m'emmener. Et c'était pas bon. Pas bon du tout, même.

— Je les connais, les types comme toi, Brigante, reprit-il, voyant que je ne bronchais pas. C'est sûr que t'es une sorte de célébrité, toute la police de la région connaît ton histoire, et moi j'ai bien lu ton dossier. Toi et moi, on sait très bien qu'au moindre écart, tu retournes finir ta peine en prison. Mais si tu replonges pour agression sexuelle sur une mineure, je donne pas cher de ta peau. Tu sais toi-même ce qu'on leur fait, aux pédophiles, en zonzon ?

Pédophile ? Agression sexuelle ? Je nageais en plein Kafka ! Il fallait à tout prix que je me réveille. Le flic me posa une nouvelle fois sa question qui sonna comme un crachat entre ses dents serrées :

— Qu'est-ce que tu foutais avec la gamine ? Réponds !

Je n'avais pas vraiment envie de jouer les disques rayés et préférai me taire. Le regard dans le vide, je sentis tous les mécanismes à l'intérieur de ma caboche se mettre en branle pour trouver une solution à ce piège. Après quelques minutes de silence, je lançai :

— Je veux voir un avocat.

Une ombre passa sur le visage du poulet et il tira une gueule de trois pieds de long. Sans dire un mot, il se leva et me tendit un bras pour que je le suive. Je savais ce que ça voulait dire : retour en cellule. Retour à l'odeur de mort du clochard et au lit en béton. Avant de refermer la porte sur nous, il me lança d'une voix aseptisée :

— On appelle un commis d'office ou t'as des coordonnées à nous communiquer ?

Le coup du baveux, je l'avais sorti pour gagner du temps. Mon retour en taule semblait inéluctable et beaucoup plus rapide que dans mes cauchemars les plus horribles. D'autant plus que les flics allaient se donner un malin plaisir à me concocter un dossier de pédophile présumé et j'allais être pris dans la machine judiciaire. Et celle-là, je la connais, à peine tu laisses traîner un crayon dans le rouage et t'es mort.

Il attendait une réponse et moi je me voyais déjà, certainement pas en haut de l'affiche comme dirait l'autre, mais plutôt au bas de la liste des candidats à la savonnette. Les douches des prisons sont une seconde cour de justice pour les pédophiles et les tueurs d'enfants. On n'en était pas là non plus, mais la rumeur court plus vite qu'Usain Bolt. Il fallait que je trouve un truc pour me sortir de là et fissa.

— Un commis d'office, donc, lâcha enfin le brigadier en claquant la porte.

— Attends ! criai-je.

Les échos de ma voix rebondirent contre les murs tristes de notre geôle et réveillèrent mon partenaire de galère. Il étouffa un grognement et le temps d'une fraction de seconde, je crus qu'on déplaçait un sac de graviers.

Le judas métallique de la porte glissa, laissant apparaître le tarin de mon geôlier ainsi qu'un bout de sa lèvre supérieure.

— Je veux passer un coup de fil, lâchai-je calmement.

Quand on regarde des séries américaines, il y a pas mal de choses qui s'impriment dans notre inconscient collectif et on se fait souvent une fausse idée des mécanismes du système judiciaire. Les mandats de perquisition, la lecture de ses droits, etc., sont autant de fantasmes qui n'ont pas vraiment cours ici, au pays du vin rouge et du fromage (et des droits de l'homme aussi, il paraît). Pour ce qui est du coup de fil à un ami, ça fait très ricain, mais pour le coup, c'est pas du chiqué.

On m'avait accompagné dans un bureau et j'avais pu utiliser un téléphone fixe dont le cordon tout entortillé m'obligea à faire tournoyer le combiné plusieurs fois avant d'avoir assez de mou pour effectuer un appel digne de ce nom.

— Vous pouvez me retrouver le numéro de

l'hôtel de Paris dans le 1er à Lyon, s'il vous plaît ?

— Hein ? répondit le flic dans une grimace que je photographiai mentalement, pour mes archives personnelles.

— L'hôtel de Paris dans...

— Oui, j'avais compris, dit-il en soufflant.

Il secoua la tête et dégaina son téléphone portable. Il y avait fort à parier qu'il voulait expédier la chose le plus rapidement possible, aussi chercha-t-il certainement lesdites coordonnées depuis le navigateur Internet de son mobile.

Après quelques secondes, il me dicta les chiffres que je pianotai en hâte.

— Hôtel de Paris, bonjour !

La voix d'Ibrah me fit l'effet d'un digestif après un bon repas ; les vibrations de ses cordes vocales semblaient couler dans mes oreilles comme une liqueur sucrée le long de ma gorge.

— Mon vieux Ibrah, c'est Romeo. J'ai un service à te demander...

J'interromps ici la narration pour vous signaler que j'aurais tout donné pour voir la tronche de mon ancien collègue quand je lui ai dit ça. Mettez-vous en tête que lorsqu'un ex-braqueur de banque qui a passé quatorze ans derrière les barreaux a « un service à vous demander », il n'y a pas trente-six mille options. Soit c'est illégal, soit c'est très dangereux. Dans un cas comme dans l'autre, le destinataire de la requête se dit en général qu'il aurait préféré rester au lit plutôt que d'avoir à écouter la suite. Et la suite, elle arrive...

— Il faudrait que tu ailles dans ma chambre et que tu regardes dans la poubelle, vers le bureau. Il devrait y avoir une boule de papier chiffonnée avec, à l'intérieur, un numéro de téléphone et un nom.

Il y eut un silence au bout du fil et le policier à côté de moi fronça les sourcils, son visage toujours figé par la même grimace interloquée. J'aurais parié ma chemise qu'Ibrahima affichait la même trogne.

— Appelle ce numéro et dis à la personne de se pointer au commissariat du 5e arrondissement. C'est urgent.

De nouveau, un silence.

— Ibrah ?

— Je... Je veux bien, mais le ménage a déjà été fait...

Mes espoirs venaient de s'évanouir en un instant. Je soupirai et repris :

— Alors, essaie de...

Clic.

Le flic venait de raccrocher. Je levai les yeux, le fusillant du regard.

— Allez, on arrête de jouer, maintenant. Si t'as pas le nom d'un avocat à nous communiquer, on t'appelle un commis d'office.

Je baissai la tête, vaincu. Le brigadier – ou je ne sais quel grade avait le gamin – prit ça pour un acquiescement et me reconduisit là d'où j'étais venu.

5

Une éternité s'écoula, entrecoupée de bruits
d'éructation et de raclage de gorge provenant de mon voisin de cellule, et ma vie venait de
défiler devant moi. Ma courte vie d'homme libre.
Quelque deux années à gérer un bar dans un
quartier de ma ville natale que j'affectionnais tout
particulièrement. Je n'avais pas eu à me plaindre,
le business marchait bien, j'avais réussi à
conserver presque la totalité du pactole du casse
du siècle – la part qui me revenait en tout cas – et
je découvrais avec bonheur que j'avais enfanté un
petit bout de bonne femme qui avait hérité de la
beauté de sa mère et du cran de son père. Je ne
demandais pas mieux que de garder tout ça au
chaud et de laisser tourner la roue du temps
jusqu'à mes dernières heures. Ça aurait été une
belle fin, une revanche sur la vie. Mais il faut s'attendre à tout avec les Brigante et parfois, je me
demande si une vieille sorcière gitane n'a pas

maudit notre nom de famille pour les dix générations à venir.

Il avait fallu que les fantômes de mon passé viennent me briser les noix et amènent avec eux toute la brigade antigang histoire de faire ça en grande pompe. Je n'avais rien demandé, je voulais juste qu'on me laisse tranquille. Et voilà que six mois après avoir croupi dans un clapier sous protection de la justice, je me retrouvais encore une fois à expliquer mon histoire et à justifier le moindre de mes agissements. J'en avais vraiment ma claque...

Soudain, le cliquetis métallique du verrou me fit sursauter et la porte s'ouvrit sur une superbe chevelure rousse. Van Deren.

— Sortez-le et mettez-le-moi au frais dans une de vos salles d'interrogatoire ! ordonna-t-elle du ton supérieur auquel j'étais désormais familier.

Le jeune flic semblait impressionné et il s'exécuta sans broncher. En moins de temps qu'il ne faut à un huissier pour estimer tous vos biens au ras des pâquerettes, j'étais assis en face de la commandante Sofia Van Deren. Je ne pus réprimer un sourire.

— Ça te fait rire ? grogna-t-elle.

— C'est Ibrahima qui vous a appelée ? demandai-je, un rictus toujours en coin.

— Un certain monsieur N'Diallo, oui.

Je ne voulais pas lui révéler que mon sourire avait été occasionné par l'image que j'avais d'Ibrah fouillant tous les sacs poubelles de son établissement, avant qu'ils ne partent à la décharge, dans le but de trouver le petit mot qu'elle m'avait laissé. Aussi repris-je sur un demi-mensonge :

— Je suis juste content de vous voir.

— Tu peux.

Dans un geste exécuté des milliers de fois, elle lança ses bras au-dessus de sa tête, défit l'élastique qui maintenait ses cheveux, le plaça entre ses dents d'un mouvement éclair et s'attela à lisser sa chevelure en arrière, de façon stricte et – je dois l'avouer – plutôt sexy, pour enfin parachever une queue de cheval haute parfaite.

Elle se leva d'un bond et fit les cent pas dans la pièce.

— Je t'explique le topo, Brigante. Ta vie, plutôt ta liberté, se reprit-elle, est entre mes mains. Une certaine Lacey Grubb – ton ex, si j'ai bien tout suivi – a déposé une plainte contre toi pour soustraction à l'autorité parentale dès le moment où elle a récupéré sa fille auprès de nos services. Ton statut de témoin protégé a sauvé ton cul parce que tu te retrouvais de fait sous les radars et tout bout de papelard avec ton nom écrit dessus était mis de côté. Mais avec l'arrêt du programme, la machine se remet en marche dès aujourd'hui. La suite, tu la connais. Tu vas être entendu, le parquet va reprendre la plainte et ils ne vont faire qu'une bouchée de toi. Tu brises ta conditionnelle et tu termines ta peine jusqu'au bout. T'es reparti pour au moins cinq ans, si t'as de la chance. T'avoueras que c'est ballot.

Elle fit une pause, se retourna lentement pour donner un effet plus dramatique à ce qui allait suivre.

— C'est là que j'interviens, reprit-elle lentement en me fixant droit dans les yeux. Je vais te faire une proposition que tu ne pourras pas refuser. Je t'offre un deal en or massif. Si tu coopères avec moi et la DIPJ sur l'affaire dont je t'ai parlé, tu bénéficies du statut d'indic. Tu seras protégé sous certaines conditions et tu seras considéré comme missionné par nos services. Tu pourras donc reprendre ta petite vie tranquille. T'auras même un salaire que j'aurai d'ailleurs à négocier avec la préfecture. Tu me donnes ton accord maintenant, je transfère la plainte chez moi, je la classe sans suite et on n'en parle plus. Mais tu devras me rendre des comptes.

— Et pour Léo ? Sa mère ? demandai-je, considérant déjà cette option.

— Je m'arrange pour livrer à la maman un discours dont la justice a le secret. Nous faisons tout ce qui est en notre pouvoir pour, assurez-vous que, bien à vous et tout le tralala. T'auras interdiction de t'approcher de la gosse à moins de cent bornes, mais c'est comme ça, faut bien qu'on rassure la populace.

Je me raclai la gorge et restai silencieux quelques instants.

— C'est quoi, cette affaire ?

Van Deren afficha un sourire franc et radieux. Elle s'approcha lentement du bureau et prit place sur la chaise en face. Elle se pencha vers moi et les lumières de la pièce créèrent des jeux d'ombre sur son visage qui la firent paraître, pendant une fraction de seconde, inquiétante.

— Ça fait une semaine qu'on se coltine un macchabée qui a été assassiné dans des circonstances plus ou moins étranges. On n'a pas beaucoup de pistes et les seules qui méritent qu'on s'y attarde nous mènent à une impasse. On touche au milieu de l'occulte et des sociétés secrètes, si j'en crois le pedigree du défunt. On ne peut pas aller fouiller plus loin sans tirer toutes les sonnettes d'alarme, c'est pour ça qu'il me faut un indic.

Je secouai la tête. Je ne comprenais absolument pas ce que j'avais à voir là-dedans.

— Pourquoi moi ?

— Deux raisons, fit-elle, brandissant deux doigts en forme de V de la victoire. La première est que notre macchab était proche d'un certain Gaston Oudin que, d'après toutes les aventures dont tu m'as fait la réclame ces six derniers mois, tu dois bien connaître. Comme je te l'ai dit, on ne peut pas entamer une approche sans qu'on nous voie arriver à des kilomètres et il me faut quelqu'un qui joue les infiltrés.

Le nom de Gaston Oudin évoqua une salve de souvenirs entremêlés que j'aurais à cœur de trier plus tard, mais pour l'heure, je ne voyais pas vraiment quel genre d'aide je pouvais apporter.

— Et la deuxième ? tentai-je.

— Ça me permettrait de te garder sous le

coude parce qu'on n'en a pas fini avec l'affaire Perez. Et je suis sûre que si tu as baissé ton froc aussi bas et quémandé notre aide, c'est que toi aussi, tu veux le voir enfermé à double tour.

Je pris sa dernière remarque comme un crochet dans les côtes. Elle n'avait pas totalement tort, mais il y avait un monde entre balancer un ancien *compadre* qui vous avait chié dans les bottes et trimer en tant qu'indic à temps plein avec le tampon de la DIPJ au cul.

Van Deren me voyait réfléchir et elle enchaîna comme si elle avait lu dans mes pensées :

— T'as pas vraiment le choix, Brigante. Soit je sors d'ici sans toi et ton sort est entre les mains de la justice, soit tu acceptes et je fais disparaître tous tes problèmes.

Un des néons du plafonnier s'éteignit dans un grésillement et je relançai :

— Je vois vraiment pas comment je pourrais vous aider. Je connais Oudin, mais j'entrave que dalle à l'occulte et à toutes ces conneries de sorcellerie païenne. Je vois pas comment je pourrais être votre homme.

— Tu vas devoir effectuer une mission en sous-marin dans le milieu très fermé de la franc-maçonnerie. Ton vieux pote y tient une place stratégique, il sera ta porte d'entrée.

Comme si ce qu'elle venait de dire était censé faire la lumière sur toute l'affaire, la commandante se leva et se dirigea vers la porte. Elle me tenait par les baloches et elle le savait.

Elle prit sa voix la plus suave pour s'adresser à moi :

— Marché conclu ?

L'univers autour de moi sembla vaciller, comme si la pièce se trouvait dans un vaisseau propulsé dans l'espace à une vitesse proche de celle de la lumière. Une décharge d'adrénaline me remit les idées en place et je pris ma décision en un éclair, me demandant immédiatement après si je n'avais pas fait la plus grosse connerie de toute ma vie.

J'acquiesçai en silence d'un hochement de tête.

6

Van Deren venait d'autoriser ma remise en liberté et elle avait filé aussi rapidement que si on lui avait annoncé qu'il y avait le feu chez elle. Je me retrouvai seul, devant le commissariat, essayant tant bien que mal de digérer tout ce qui venait de se passer et ce que ça signifiait pour moi.

J'allais donc être l'indic de madame et de toute sa bande de poulets. Une balance, en somme. Un type à qui on coupe la langue. Un traître. Je crachai par terre pour exorciser ces pensées moribondes et me focalisai sur l'avenir. Je n'avais pas vu mon père depuis une éternité et il fallait que je lui donne des nouvelles. La commandante m'avait filé l'adresse de l'établissement où il séjournait, ainsi que l'identité sous laquelle il avait été inscrit. Gunter Spitz. Et on dit que la police n'a pas d'humour.

· · ·

Après avoir bataillé trop longtemps avec cette nouvelle application qui permet de louer les services d'un chauffeur le temps d'une course, je hélai un taxi qui passait non loin de moi.

Un bon quart d'heure plus tard, il me déposa devant une coquette résidence fleurie en bord de Saône et me délesta d'une bonne poignée d'euros. Monsieur n'avait pas la monnaie, évidemment.

Je passai la petite grille au début d'une allée dallée où un petit vieux testait son déambulateur avec dextérité. Sur un des bancs qui couraient le long d'une sorte de parc fait de pelouse impeccablement tondue et bordé de chênes, deux aides-soignantes entamaient leur pause clope.

À l'entrée, un jeune homme squelettique aux cernes aussi noirs que l'étaient ses cheveux teints m'accueillit mollement.

— Bonjour, je viens voir Giu... Gunter Spitz, lançai-je, ne sachant pas si je devais exploser de rire ou pleurer.

Le gamin vérifia son registre.

— Vous êtes nouveau ? lançai-je.

— Euh... oui, dit-il, relevant la tête et affichant une mine interloquée. Comment vous savez ?

— Un blase aussi élégant que Gunter Spitz, ça ne s'oublie pas. En tout cas, moi, je l'aurais retenu, ainsi que le numéro de sa chambre. À moins d'être nouveau.

Il esquissa un sourire contrit et répondit :

— Il est au premier, dans la 110.

— Merci, jeune homme, fis-je d'un ton

guilleret.

Je me précipitai à l'étage et frappai à la porte.

Au bout de quelques secondes, sans réponse, je pénétrai dans la pièce lentement.

Mon père était assis sur le lit, le regard dans le vide, et il avait l'air d'avoir pris dix piges dans la tronche. Mon cœur se serra.

— Papa ?

Il sursauta et tourna le visage vers moi. Ses yeux s'illuminèrent. C'est bon, il n'avait pas encore perdu la boule.

— T'as quand même pas peur de ton fils ? fis-je en me jetant dans ses bras.

Il me serra aussi fort qu'un type de quatre-vingts berges peut le faire, c'est-à-dire pas beau-coup, mais ne dit-on pas que c'est l'intention qui compte ?

— J'ai bien cru que t'étais mort !

— M'en parle pas ! Tout seul dans ce trou à rat pendant des mois, c'était tout comme.

Je pris place sur le lit à côté de lui et relançai :

— Me dis pas que tu restes comme ça toute la journée à regarder par la fenêtre, sinon je te fais évader d'ici.

— Non, non, t'inquiète pas, dit-il en secouant la tête avec lenteur.

— C'est Mireille qui te manque ?

— Qui ?

Mon sang ne fit qu'un tour, je voyais déjà les médecins venir me voir et prononcer le pire nom qu'un être humain puisse entendre, l'équivalent de Voldemort (ou de Sauron pour les plus vieux) : Alzheimer.

— Mireille ! Enfin, P'pa, *ta* Mireille, tu te souviens ?

— Je suis quand même pas encore complètement sénile, grogna-t-il.

Ouf. Mon rythme cardiaque retrouva sa cadence normale en quelques secondes.

— C'est juste qu'elle a trouvé quelqu'un d'autre, je pense, reprit-il. Elle est venue me voir les premiers mois, ici, et puis plus rien. Elle repousse toujours nos parties de belote, elle est évasive...

— Ah, mince, dis-je, sincèrement désolé. Mais il doit y avoir de la petite pépée, ici, non ?

— Pfff, avec un nom comme Gunter Spitz, tu veux faire quoi ? C'est encore à cause de tes conneries, tout ça !

Il m'asséna un coup de poing dans l'épaule et je feignis d'avoir mal, massant mon muscle comme s'il m'avait frappé avec la force de Mike Tyson dans ses plus belles années.

— En plus, personne ne joue à la belote ; ici, c'est le bridge. Et je sais pas jouer.

— En même temps, t'as vu où on est ? Je crois avoir vu un fauteuil roulant Maserati en entrant.

Il ouvrit la bouche et eut un rire silencieux.

— Gunter Spitz, répéta-t-il dans un murmure.

— Pfff ah ah ! Quel nom de merde, quand même.

Je balançai la tête en arrière et explosai d'un

rire sonore qui ne tarda pas à être contagieux. Mon père m'imita et nous ne pûmes nous arrêter que lorsqu'une infirmière entra dans la chambre pour nous demander si tout allait bien. Des larmes de joie perlaient aux coins des yeux rieurs de mon *padre* et je souris de plus belle.

— T'as toujours ma clef ? lançai-je sur un ton sérieux après un bref silence.

— Comme tu m'as dit, toujours sur moi ! répondit-il tout fier en soulevant sa chemise pour exhiber un petit mousqueton accroché à sa ceinture, duquel pendaient des clefs.

Je tendis la main pour me saisir de l'une d'elles et la libérai du porte-clef.

— T'as le temps de faire une belote ? me demanda mon père.

— Je dois filer. Et puis à deux, c'est moins marrant.

— Il y a des aides-soignantes qui savent jouer, pas bien, mais bon...

— Désolé, P'pa, je suis vraiment pressé, fis-je en me levant.

J'embrassai le dessus de son crâne et restai une fraction de seconde plus longtemps pour m'imprégner de son odeur. Je fermai les yeux et pris une grande inspiration.

— Tu passeras le bonjour à Léo ! me lança-t-il avant que j'atteigne la porte.

— Je lui dirai de venir te voir, répondis-je avec le ton de celui qui fait une promesse qu'il n'est pas sûr de tenir.

7

Je sous-louais un bout de stock dans un atelier bordélique engoncé dans un vieil immeuble accessible au détour de quelques rues étroites de la presqu'île lyonnaise. Le charme de l'ancien tentait de rivaliser avec les chantiers de rénovation tout autour. Si on faisait abstraction de quelques éléments de la vie moderne, on aurait pu facilement se croire au Moyen Âge, à sillonner entre les échoppes et les boutiques. Ça avait dû être l'endroit idéal également pour se prendre un coup de surin entre les côtes. Mais cette époque était bien heureusement révolue et les seules personnes qui déambulaient dans le quartier étaient des barbus aux pantalons trop courts et des étudiants en art dont les coupes de cheveux devaient faire s'évanouir tous les coiffeurs qui posaient le regard sur elles. Des sortes de Gorgones modernes pour les coupe-tifs, en somme.

Je passai devant une vitrine qui me renvoya mon image. Je fis un pas de recul et me reluquai dans le reflet. Moi aussi j'avais une bonne tronche de *hipster* finalement. J'avais laissé pousser une barbe de six mois et je devais avouer que ça m'allait plutôt pas mal. Manquait plus qu'un bonnet de pêcheur retroussé et j'étais bon pour me taper des expos de mecs qui peignent avec des crottes de moineaux en buvant de la bière IPA.[1]

J'insérai ma clef dans la serrure et déverrouillai la porte. Personne. Parfait. Je me faufilai entre de vieux flippers ouverts en deux dont dégueulait un torrent de fils électriques et de pièces électroniques. Le long d'un des murs, une ribambelle de juke-box poussiéreux attendaient des jours meilleurs, et un acquéreur, pour enfin distiller la musique de leurs entrailles. Peut-être que le type à qui je filais un loyer bien trop onéreux en liquide pour avoir le droit d'entreposer quelques affaires ne voulait pas les vendre, après tout. C'est souvent comme ça que ça se passe avec les passionnés et les collectionneurs. Ces Géo Trouvetou du dimanche sont toujours en train d'accumuler des vieilleries pour les retaper et les remettre sur le marché, mais finissent par tout garder, quitte à laisser le matos prendre la poussière et ne jamais s'en servir.

Au fond du bric-à-brac, je trouvai enfin le coin qui m'était réservé et dans celui-ci, un bon vieux coffre-fort que, entre parenthèses, mon vieux collègue Gaston Oudin aurait pris un malin plaisir à ouvrir sans la clef. Moi, je l'avais, la clef, et c'était bien plus pratique comme ça.

La lourde porte s'ouvrit sur ce que j'étais venu chercher : une partie de mon magot en cash pour les frais de mission et un fusil à pompe au canon scié en cas de problème. Si je me faisais choper avec l'un ou l'autre, Van Deren ne pourrait plus rien pour moi, cette fois. Mais dois-je vous rappeler que la précédente maison de retraite de mon paternel était partie en flammes et que mon bar avait été vandalisé ? Les deux événements n'étant certainement pas le fruit du hasard, il fallait bien que je m'équipe.

Je planquai l'arme dans un sac plastique que je trouvai sur une étagère prête à crouler sous le poids de vieilles machines à sous d'un autre siècle et enfournai une bonne liasse de talbins dans les poches de ma veste. Pour y faire de la place, je délogeai mon téléphone portable et restai de longues minutes à le scruter. Un nœud se contracta au fond de mon bide et je ne pus résister à l'envie d'envoyer un message à Léo.

Je commençais à pianoter quelques mots quand je reçus un appel. Je décrochai sans parler : je laisse toujours l'interlocuteur se présenter.

— …

— *Allô ? Romeo ?* dit une voix masculine que je pensais connaître sans en être certain à cent pour cent.

— Qui le demande ?

— *C'est Lulu !*

— Ah ! soupirai-je. Tu tombes bien, j'allais justement t'appeler. Tu m'as préparé ce que je t'ai demandé ?

— *C'est pour ça que je t'appelle !*

— Parfait. Je vais te filer une adresse, c'est dans le 1er, tu peux m'y rejoindre dans combien de temps ?

— *Vingt minutes à tout péter.*

— Je t'attends.

Je raccrochai et m'éloignai du petit entrepôt pour me retrouver quelques rues plus loin, sur un des quais longeant le fleuve. En chemin, mon côté légèrement paranoïaque attribuait à tous les péquins que je croisais un regard inquisiteur, comme si ces quidams savaient que je me trimbalais aussi calibré qu'un dealer de coke.

Vingt minutes plus tard, Lulu me rejoignait à l'endroit indiqué avec l'objet de tous mes fantasmes. Une BMW 535i de 1984 totalement remise à neuf. Le métal de sa carrosserie était gris, d'un gris dont les reflets se paraient de nostalgie. Je ne pus réprimer un sourire en voyant l'engin dont le moteur rugissant faisait déjà se retourner les passants. La rangée de doubles phares sur la calandre avant semblait me fixer droit dans les yeux pour me supplier de prendre soin de la berline. *T'inquiète pas, ma chérie, papa est là pour s'occuper de toi.* Quoi ? Ça vous paraît patriarcal et rétrograde sur les bords ?

Ça l'est, mais détendez-vous, on parle d'une bagnole !

Alors que Lulu s'installait sur le siège passager pour me laisser le volant, je jetai mon matos dans le coffre. Un mauvais souvenir refit surface lorsque je claquai le battant et je secouai la tête pour le faire disparaître.

À l'intérieur, l'odeur du vieux cuir me transporta des années plus tôt, quand l'argent était facile et la vie plus douce.

— Je te dépose ?

— Amène-moi au métro, va. Je vais te laisser en tête à tête avec la bête.

Lulu savait lire dans mes pensées.

Je l'amenai à la station la plus proche et me garai en double file.

— Merci, Lulu, t'as fait du bon boulot.

— C'était un plaisir de bosser sur un engin pareil, dit-il avec un grand sourire.

— Elle est clean ?

— Tu me prends pour qui ? Évidemment ! Les papiers sont en cours, je vais tout recevoir au garage. T'as la carte grise barrée pour l'instant.

— On avait dit combien ?

— Vingt-trois mille.

— Tiens, fis-je en extirpant un petit paquet emballé dans du papier journal que je lui lançai à travers l'habitacle.

Il grimaça.

— Tu me demandes combien c'était, mais t'avais déjà préparé le montant exact ?

— Faut toujours demander. On sait jamais, t'aurais pu dire moins, conclus-je en lui adressant un clin d'œil.

Alors que je le voyais s'éloigner à travers le pare-brise, mon téléphone vibra.

C'était Van Deren qui me donnait rendez-vous. J'avais comme la sale impression que les emmerdes allaient commencer. L'odeur du poulet n'avait jamais rien auguré de bon pour moi.

8

J'avais rejoint la commandante dans un restaurant italien à deux pas de son bureau. La déco était aussi italienne que le bouclard de sushis à emporter à côté de mon hôtel et le taulier qui nous avait accueillis avait effectué bien trop de courbettes à la vue de Van Deren pour ne pas savoir qu'elle était flic. À tous les coups, cet endroit était le repaire de la bleusaille et moi, j'étais le dindon de la farce, le nouvel indic qui avait été traîné dans la boue des années plus tôt et qui revenait boire dans la gamelle où on l'avait forcé à pisser. Lorsque le patron me tendit la main, il trouva la mienne froide et raide.

— T'en fais une tête, Brigante, on dirait que t'as vu un fantôme. Viens, assieds-toi, c'est moi qui invite, lança Van Deren d'un ton jovial que je ne lui connaissais pas.

Elle était manifestement dans son élément et moi, que l'ombre de moi-même. J'aurais voulu sortir de mon corps et fuir ce lieu qui me faisait l'effet d'un piège. Pour en avoir le cœur net, je jetai un œil aux murs de la salle, histoire de vérifier qu'ils ne se refermaient pas sur moi.

Un serveur nous apporta une carafe et des gressins puis Van Deren prit son air le plus sérieux.

— Bon, je vais te mettre au parfum de l'affaire qui nous préoccupe en ce moment.

Comme si j'avais le choix.

Elle se pencha sur le côté et saisit une chemise cartonnée dans sa sacoche et la déposa sur la table.

— Tout ce que je vais te raconter est, en gros, là-dedans, reprit-elle en tapotant sur le dossier. Il y a une semaine environ, on a retrouvé le corps inanimé d'un certain Amar Madani, un prof d'économie de 35 ans, à son domicile. Pas de traces d'effraction, des empreintes digitales et de l'ADN dans tous les sens, mais rien de bien probant jusqu'ici. Le médecin légiste a fait état d'une mort par hémorragie cérébrale provoquée par des chocs répétés sur son crâne par un objet contondant. On a retrouvé l'arme du crime : une statuette en bronze représentant un soldat romain. Ce qui est plutôt étrange, c'est qu'il y avait à proximité du corps une sorte de maillet en bois couvert de sang dont on a pensé que c'était l'arme du crime, mais en termes de bizarrerie, on n'en était qu'au début...

Elle nous servit deux verres d'eau, but une gorgée et je l'imitai, fronçant les sourcils. J'étais toujours en train de me demander ce que je pouvais bien foutre ici à écouter ces histoires de flics.

— On a retrouvé sur la victime un mot fait de lettres tailladées sur son torse et un message imprimé dans sa main.

Elle marqua une courte pause et j'arquai les sourcils pour lui montrer que mes esgourdes avaient toute son attention.

— La note disait : « *Ta place est auprès du GADLU, rappelle-toi Adoniram et tremble pour tes FF.:* » et le mot gravé à même la peau était : « *Méthousaël* ».

— C'est du chinois pour moi, dis-je enfin en secouant la tête.

— Je te rassure, pour nous aussi… du moins, au départ. Et puis après quelques recherches, on s'est vite rendu compte qu'Adoniram et Méthousaël étaient des noms issus d'une vieille légende servant, entre autres, de mythe fondateur à la franc-maçonnerie. Ce qui a été confirmé par le fait qu'Amar Madani faisait partie de cette confrérie.

— Je croyais que c'était une société secrète ? Comment vous savez qu'il en était membre ?

— J'ai l'impression que l'affaire commence à te titiller, me lança-t-elle, tout sourire.

Je ne pouvais pas vraiment lui donner tort. Les faits m'intriguaient, mais de là à devenir un indic pour l'aider à résoudre son enquête, il y avait quand même un monde. C'est pas parce qu'on est emballé par presque tous les plats d'un menu qu'on doit tous les manger jusqu'à ce qu'on ait les dents du fond qui baignent.

En parlant de menu, le serveur nous apporta les cartes et les suggestions ne me firent pas rêver. Était-ce le fait de partager ma table avec une représentante de la maréchaussée qui me coupait l'appétit ?

— Pour répondre à tes questions, la franc-maçonnerie est bel et bien une société secrète, mais dont tous les membres doivent être signalés aux RG[1], enfin, au Service central de renseignement territorial.

Le mythe complotiste qui consistait à voir en tous les francs-maçons des manipulateurs de l'ombre commençait à s'effriter. Pas si secrète, la confrérie !

— Vous avez réussi à déchiffrer le charabia ? relançai-je.

— Pas tout à fait.

— Vous devez bien avoir dans vos rangs des gonzes qui appartiennent aux francs-macs et qui peuvent vous rencarder, non ?

— C'est pas si simple. On veut que ça s'ébruite ni dans la presse ni dans le milieu de la franc-maçonnerie. L'affaire est quasiment cloisonnée, on est peu à en connaître les détails.

— Je vois sincèrement pas en quoi je pourrais aider... rétorquai-je en me grattant le sommet du crâne.

— C'est là qu'on en vient à ton pote Gaston Oudin. Je dis ton pote parce que son nom est apparu un paquet de fois dans tes dépositions. J'imagine que vous vous connaissez bien ; en tout cas, assez pour qu'il te fasse confiance.

Je fronçai les sourcils.

— Je veux pas qu'il ait des emmerdes par ma faute.

— T'inquiète. D'une, il est clean depuis des lustres et de deux, c'est par lui que tu vas t'infiltrer chez les francs-maçons. Il est vénérable de la loge où Madani était inscrit en tant que maître...

— Mollo avec le jargon, commandante, j'entrave que dalle.

— Une loge est une association à laquelle les franc-maçons adhèrent et celle qui nous intéresse est présidée par Oudin. En gros, c'est le chef, donc c'est par lui que tout passe.

Nouveau grattage de tête.

— Là encore, je ne vois vraiment pas en quoi mes compétences pourraient vous servir.

— C'est tes contacts qui vont nous servir. Tu vas approcher Oudin et te démerder pour intégrer la franc-maçonnerie.

— Pourquoi vous ne le faites pas vous-même ? Vos deux chiens de garde[2], là, je parie qu'ils seraient ravis de jouer les agents secrets.

— On ne peut pas prendre le risque de se faire repérer. Il nous faut quelqu'un d'insoupçonnable. Comme toi.

C'était bien la première fois qu'on employait cet adjectif me concernant.

Tout en levant la main pour appeler le serveur, elle se pencha vers moi et reprit :

— On a des dizaines et des dizaines d'affaires toutes plus tordues les unes que les autres, mais le hasard a voulu que sur celle-ci, une de tes vieilles connaissances fasse partie du tableau. Grâce à ça, je fais d'une pierre, deux coups : je te place comme indic pour être mes yeux et mes oreilles sur une enquête sensible et je te garde sous le coude pour qu'on puisse continuer à travailler sur Perez. Honnêtement, je ne sais même pas si tu nous seras réellement utile sur cette affaire, je te demande juste de faire copain-copain avec ton vieux pote Gaston Oudin pour qu'il t'intronise incognito. C'est le seul moyen que j'ai trouvé pour t'utiliser comme indic et sans ça, tu repartais d'où tu venais et tu purgeais ta peine jusqu'au bout. Je te sers tout ça sur un putain de plateau d'argent, Brigante, ne me remercie pas.

Le jeune homme approcha de la table avec son calepin et Van Deren lança :

— Ce sera deux spaghettis carbonara, Olivier, merci.

OK. Le message était clair. *C'est toi la boss*. Et j'aurais parié tout mon magot que dans ce restaurant, la carbo était faite avec de la crème fraîche. Deux choses qui me foutaient en rogne. La première étant de me faire dicter ma conduite – et surtout mon repas –, si vous avez bien suivi.

Van Deren extirpa son téléphone portable de la poche intérieure de son blouson puis l'inspecta quelques secondes. Avant que nos deux plats n'arrivent, je me penchai vers elle et tentai :

— Je peux vous poser une question ?

— Essaie toujours.

— Quand vos collègues m'ont collé en garde à vue, on m'a demandé ce que je foutais avec la gamine et j'ai répondu que j'étais son père. C'est là qu'on m'a dit texto : « C'est pas ce que dit son état civil ».

— Tu veux que je regarde ?

Je secouai la tête positivement.

— Éléonore Grubb, c'est ça ? dit-elle comme si elle se créait un pense-bête mental.

Nouveau hochement de caboche.

À peine avait-elle terminé sa phrase que le serveur débarquait avec deux assiettes fumantes, deux plats de spaghettis à la sauce carbonara. De la crème fraîche à en faire pâlir un intolérant au lactose.

9

Je me trouvais en banlieue de Lyon, sur le parking d'une société de sécurité dirigée par Gaston Oudin. Je n'avais pas plus envie de quitter l'intérieur confortable de ma nouvelle tire que de me faire épiler l'arrière-train à la cire, aussi étudiai-je une seconde fois le dossier que m'avait laissé Van Deren.

Gaston Oudin avait changé de nom de famille il y avait des années, à l'occasion de son mariage avec sa femme actuelle, et en avait d'ailleurs pris le nom. C'était désormais sous le patronyme de Gaston Dufresne qu'il avait monté la boîte dans laquelle il bossait depuis quinze ans : GD Securit. Rien de bien étonnant à ce petit maquillage de la réalité, lui qui semblait rangé des bagnoles et devait vouloir continuer sa vie paisiblement, totalement détaché de son passé dans le grand banditisme. Coffres-forts, alarmes, portes blindées, caméras de surveillance, rien ne résistait à l'époque au jeune Gaston, âgé alors d'à peine une vingtaine d'années. Je ne l'avais fréquenté que quelques fois, sur deux ou trois coups, et je me le rappelais comme un type plutôt discret et sympa.

Le pauvre gars était à mille lieues de se douter qu'un trublion de mon espèce allait ressurgir du passé pour lui forcer la main et entrer dans son Rotary Club pour cadres sup en mal de spiritualité. Je n'avais d'ailleurs moi-même pas la moindre idée de la façon dont j'allais réussir une telle épreuve, mais l'enjeu était pour moi si important que je n'envisageais pas l'échec.

J'inspirai une dernière fois l'odeur délicate de cuir de ma BM et me décidai à faire irruption dans le business de Gaston.

— Bien le bonjour, messieurs, dames ! fanfaronnai-je à la cantonade en entrant dans la turne.

Deux personnes me paraissant être un couple se tenaient devant un panel de portes au métal exagérément épais, une femme blonde au tailleur strict semblait les orienter dans leur choix.

Un petit homme brun aux cheveux clairsemés et au visage luisant s'approcha de moi. Les yeux verts derrière les grands carreaux de ses lunettes de vue m'indiquèrent immédiatement à qui j'avais affaire : Gaston Oudin.

Les années ne l'avaient pas épargné, mais n'avaient pas été non plus trop vaches avec lui. De ce côté-là, je ne pensais pas faire exception, c'est pourquoi je pense qu'il ne me reconnut pas et qu'il s'adressa à moi comme si j'étais un vulgaire client :

— Monsieur, puis-je vous aider ? me fit-il d'une voix affable.

— Un peu, mon neveu ! Sacré Oudini, viens là que je t'embrasse !

L'utilisation de son surnom de l'époque parut lui faire le même effet que si on lui avait compressé les bourses dans un étau. Je n'avais jamais vu un type écarquiller les yeux à ce point, je faillis craquer et exploser de rire.

— Euh... Je crois que vous faites erreur.

Bah voyons ! Chapitre un du Petit Braqueur Illustré : dire « Vous faites erreur » quand on vous interpelle par votre véritable blase.

— OK, tu la joues comme ça, je vois. Passons à ton bureau dans ce cas, j'ai besoin d'un devis pour faire sécuriser ma baraque.

Je n'attendis pas qu'il me montre le chemin, ou même qu'il me donne une quelconque autorisation : j'étais déjà assis devant un imposant meuble en acier sur lequel traînaient brochures et échantillons.

Désemparé, il prit place en face de moi.

— V-vous désirez s-s-sécuriser votre habitation de quelle façon ? bégaya-t-il.

Je fis ma tête de gros dur, mais conservai un rictus que je voulais sympathique, livrant un mélange contradictoire au pauvre Gaston. Je me penchai au-dessus du bureau pour approcher mon visage du sien :

— Allez, Gaston, tu vas continuer encore

combien de temps à jouer la comédie. Tu me remets pas ?

Il plissa les yeux, sûrement dans l'espoir de tenter un bond temporel dans le passé et éventuellement reconnaître ma trogne.

— Allez, Oudini ! T'étais le perceur de coffre le plus rapide de l'Ouest... lyonnais !

Soudain, il fit un geste de recul. L'info venait de le percuter de plein fouet. Il se rappelait.

— Brigante ? dit-il doucement comme s'il prononçait un mot interdit.

Je lui assénai une tape amicale mais franche sur l'épaule et il grimaça comme si j'avais la peste.

— Comment vas-tu depuis tout ce temps ? enchaînai-je.

— Écoute, ça va pas mal... répondit-il mollement, les yeux dans le vide.

— Bon, je dois t'avouer que je suis pas vraiment venu pour faire poser des rideaux blindés autour de ma baraque. D'abord parce que j'en ai pas et ensuite parce qu'il faut qu'on cause de choses beaucoup plus importantes.

— Je ne suis pas sûr de vouloir écouter ce que tu as à me dire.

— Pourquoi ? Parce que j'ai fait du ballon ? dis-je en me penchant de plus belle au-dessus du bureau.

Il marqua une pause puis soutint mon regard avant de répondre :

— C'est terminé, tout ça, c'est derrière moi.

— Je sais bien, va, tentai-je de le rassurer.

Pareil pour moi, mon vieux, pareil pour moi.

Est-ce que je n'essayais pas quelque part de me rassurer moi-même aussi ?

— J'ai une faveur à te demander, repris-je.

Le corps de Gaston se tendit comme un arc. Il se braquait.

— Romeo, murmura-t-il le plus sérieusement du monde, je serais ravi de te revoir dans d'autres circonstances, mais là, je bosse, et si ce que tu as à me demander n'est pas en rapport avec mon boulot, il vaut mieux que tu sortes. Franchement.

Quelle froideur ! J'avais toujours bien aimé ce type, mais là, j'étais un peu vexé. Et je voulais le lui faire comprendre.

Alors qu'il se levait pour me remercier, je tirai violemment sur la manche de son veston et l'attirai vers moi avec vigueur. Le bruit attira brièvement l'attention des clients puis de la blonde, et je donnai le change en exhibant mon plus beau sourire.

— Oudin ! insistai-je en grognant entre mes dents et en accentuant ma poigne sur lui. J'ai passé quatorze piges derrière les barreaux, j'ai payé ma dette, j'ai payé pour tout le monde. Pour toi aussi ! J'ai gardé tout ce que je savais pour moi et j'ai pris le max. Alors, tu vas t'asseoir et me faire l'honneur de m'écouter, je crois que tu me dois bien ça. Tout ça, fis-je en décrivant un cercle autour de nous avec mon index, tu as pu le faire un peu grâce à moi. Si je t'avais balancé, je ne sais pas quelle vie tu aurais aujourd'hui.

Gaston serra les dents et me fusilla du regard. Je compris immédiatement que je n'avais plus en face de moi le jeune Oudini de l'époque. Il avait gagné en assurance et je dois avouer que mon discours n'avait pas eu l'impact escompté. Il retira sa manche d'un coup sec de mon emprise et me dit, le plus posément du monde :

— S'il te plaît, Romeo, sors d'ici sans faire d'esclandre. J'entends tout ce que tu me dis et je t'en suis reconnaissant, mais c'est vraiment pas le lieu pour parler de ça.

Il fit quelques pas en direction de la sortie, accompagnant son mouvement d'un grand geste du bras pour me l'indiquer.

Mon regard plein de défiance soutenait le sien et je décidai de rester assis.

— S'il te plaît, souffla-t-il.

Un nouveau client entra dans le *showroom* et la blonde abandonna ses acheteurs potentiels pour se diriger vers Gaston, la mine inquiète.

— Y'a un problème, chéri ? lui demanda-t-elle.

L'étau se resserrait sur Oudini. Comment allait-il se sortir de ce mauvais pas ? À l'aide d'un nouveau tour de passe-passe ?

Je restai stoïque, assis à son bureau, aussi indélogeable qu'un ministre de son appartement de fonction. Gaston fit un signe de la tête qui se voulait rassurant à l'attention de sa femme – ou sa petite amie. L'homme qui venait d'entrer continuait de marcher et s'approchait de lui. Nerveux et visiblement exaspéré que je ne bouge pas d'un poil, il revint vers moi en hâte.

— Qu'est-ce que tu veux, Brigante ? Que j'appelle la police ? me dit-il, des flammes embrasant son regard.

— La police, c'est moi ! rétorquai-je.

Il secoua la tête. Moi-même, je ne savais pas très bien ce que je voulais dire par là, mais parfois, le muscle de ma langue se met en branle beaucoup plus rapidement que le mou de mon cerveau.

— Je travaille pour les flics, Oudin ! Tu veux qu'ils débarquent dans tes petites réunions secrètes et révèlent ton passé à tous tes copains en nœud pap' ?

Il fronça les sourcils. Je l'avais ferré comme un silure du Rhône.

— Et ta femme, là, elle sait que tu perçais les coffres avant d'en vendre ?

Gaston fut soudain paralysé. Bingo ! J'avais visé juste. Il retrouva sa mobilité et glissa dans ma direction, tel un spectre blafard.

— Pas ici, Brigante, pas ici ! souffla-t-il entre ses dents. Rejoins-moi dans le café qui fait l'angle au coin de la rue, un peu après 18 h.

Après s'être délesté de son fardeau, il se redressa d'un seul coup et afficha un sourire de VRP en encyclopédies pour accueillir le client qui se tenait à moins d'un mètre de nous.

J'allais laisser mon poiscaille tranquille et attendre la fin de la journée.

10

1 8 h tapantes, Gaston apparut dans le troquet qu'il m'avait indiqué. J'avais prévenu Van Deren de cette réunion au sommet et elle me fit promettre de lui faire un débriefing le lendemain midi en personne. Je lui fis promettre à mon tour que nous nous retrouverions dans un véritable resto italien. J'avais besoin d'exorciser le fait d'avoir mangé les spaghettis infâmes de la veille.

Oudin avait protégé son cuir chevelu ouvert aux quatre vents à l'aide d'un béret gris à carreaux qui ajoutait une couche de Titi parisien à son prénom déjà bien vieille France. Ça le rendait plus sympathique, finalement.

— Putain, Romeo, me refais plus jamais ce coup-là ! lâcha-t-il de but en blanc en faisant claquer son couvre-chef sur la table.

Le ton de sa voix avait changé du tout au tout et connotait désormais une sorte d'amitié lointaine qu'il avait eue avec moi. Ce qui n'était pas faux, mais on n'avait pas non plus pris un bain ensemble.

— C'est toi qui dois plus jamais me refaire ce coup, rétorquai-je en le pointant du doigt.

Il retrouva sa posture aux épaules tombantes et enchaîna dans un murmure :

— OK, qu'est-ce que tu veux ?

— J'ai un service à te demander, répondis-je alors que je le sentais de nouveau se raidir.

Le gonze devait vraiment penser que j'allais lui demander de braquer une banque ou d'aller dessouder quelqu'un !

— Je t'écoute, mais tu vois bien, je suis rangé des voitures, j'ai...

— Détends-toi, l'ami ! le rassurai-je. J'ai juste besoin que tu m'intronises dans ton club avec une formation accélérée.

Une grimace d'étonnement déforma son visage.

— Fais pas cette tête, je sais que t'es un franc-mac. Je t'ai dit, je bosse avec la police, la Crim' de Lyon.

Sa mine était désormais grave, mais il parut néanmoins soulagé que la discussion prenne cette direction et pas celle d'un éventuel plan comme à l'époque.

— Tu travailles sur le meurtre d'Amar ?

— Oui, répondis-je alors que son corps semblait se ramollir comme une vieille poupée de chiffon qu'on lâche dans le vide. Je dois être les yeux et les oreilles de la bleusaille dans cette enquête.

Gaston resta silencieux de longues secondes puis relança :

— T'as des détails sur l'affaire, des pistes ? demanda-t-il d'une voix presque fébrile.

Je grattai ma barbe, me demandant ce que j'avais le droit de lui révéler. Quelques secondes plus tard, je me figurai que Van Deren devait bien se douter que je serais obligé de lâcher du mou pour pouvoir arriver à mes fins.

— Oui, je suis au parfum. Je ne sais pas ce que toi tu sais, mais le meurtrier a laissé un message près du corps, sûrement un de vos trucs de francs-macs.

— Quoi ?! s'étonna-t-il, les yeux écarquillés. Comment ça ?

— Un truc cryptique, j'ai rien compris, mais justement, tu vas pouvoir m'expliquer. Mais avant que je te mette dans la confidence, il faut que tu me fasses entrer dans ta confrérie.

Il secoua la tête et se gratta le haut du crâne. La mine gênée, il répondit :

— C'est pas si simple, Romeo. Tu peux pas te pointer comme ça dans une de nos tenues comme un cheveu sur la soupe. Ça demande des mois d'enquête et d'entretiens pour quiconque veut nous rejoindre.

— On dirait une sorte de secte, votre machin...

— C'est justement tout le contraire ! me coupa-t-il, un peu vexé. Il n'y a rien de plus facile que d'entrer dans une secte, c'est d'en sortir qui est impossible. Chez nous, en franc-maçonnerie, c'est très difficile d'entrer, mais la porte de sortie est grande ouverte.

— Mouais, fis-je, peu convaincu. Toujours est-il qu'il faut que tu trouves le moyen de m'introniser, c'est la faveur que je te demande. Tu me dois bien ça, tu crois pas ?

Il soupira et le moment de malaise fut interrompu par la sonnerie de son téléphone.

— C'est ma femme ! Va falloir que je te laisse.

Il se leva, j'envisageai une fraction de seconde de l'agripper par la nuque pour l'obliger à rester, mais il extirpa une carte de visite de la poche intérieure de son veston et me lança :

— On a une tenue demain soir, appelle-moi en début d'après-midi et on avisera, j'ai peut-être une idée pour que tu puisses y participer.

Il décrocha et s'éloigna pour enfin sortir du bar. Décidément, il n'était plus le petit Oudini que j'avais connu et à qui je donnais des ordres de mission. En quatorze ans de taule, la Terre avait eu le temps de tourner un paquet de fois.

Je me réveillai en sursaut, l'oreiller collant de sueur. Les murs de la pièce autour de moi étaient si proches que je crus être de retour en cabane. Mais les deux tableaux de Marilyn et Einstein me ramenèrent à la réalité : j'étais bel et bien dans la minuscule piaule de mon hôtel.

Dehors, le soleil faisait encore son timide, aussi décidai-je de prendre une douche puis d'étudier plus en détail le dossier que m'avait laissé Van Deren. Les photos du cadavre me filèrent un haut-le-cœur, il fallait avoir l'estomac bien accroché. J'évitai donc les clichés et m'attardai plutôt sur le texte. D'après le rapport, tous les membres de la loge dont faisait partie Amar Madani avaient été interrogés. Des empreintes digitales d'un peu tout le monde avaient également été retrouvées dans la pièce principale, la cuisine et les toilettes, mais une note explicative de Van Deren disait que c'était plutôt normal étant donné le fait que tous ces gars-là se réunissaient souvent et se côtoyaient de près. Je notai pour ma part d'interroger Gaston à ce sujet tout à l'heure. Je continuai à feuilleter la paperasse et ce qui me choqua le plus, en dehors de ce message digne d'une chasse au trésor, fut la façon dont ce pauvre prof avait été tué. D'abord avec une statuette en bronze, puis le meurtrier avait décidé de remettre le couvert à l'aide d'un maillet en bois alors que la victime était déjà morte. Nouvelle note mentale, nouvelle question pour Oudin.

Enfin, le plat de résistance, le message laissé à côté et sur le macchabée : *Ta place est auprès du GADLU, rappelle-toi Adoniram et tremble pour tes FF.:*

Le GADLU ? Qu'est-ce que c'était que ce délire ? Et ce « FF » ponctué de trois petits points en triangle exactement comme les « Mort aux vaches » qu'on voyait tatoués sur la peau des taulards ? Ensuite, les deux noms tout droit sortis d'un conte oriental à la *Mille et Une Nuits* : Adoniram et Méthousaël. Gaston allait devoir éclairer ma lanterne à ce sujet également. Ça allait faire beaucoup à avaler pour moi qui avais plutôt l'habitude qu'on enquête sur moi que le contraire.

11

Oudin m'avait donné rendez-vous directement à l'endroit où se déroulaient leurs réunions secrètes. Il m'avait également fait promettre de ne jamais utiliser son véritable nom de famille – pas plus que son sobriquet d'Oudini – devant ses amis. Il était Gaston Dufresne depuis des lustres et comptait sur moi pour ne pas foutre le bordel dans sa vie.

Un magnifique immeuble de style Art déco s'érigeait boulevard des Belges dans le 6ᵉ arrondissement, à la frontière avec la ville de Villeurbanne. Tout le rez-de-chaussée semblait occupé par la boutique d'un antiquaire dont les grilles étaient baissées. Oudin... oups, Dufresne repéra ma BMW et esquissa un sourire en voyant ses courbes racées. Une réminiscence du *gang des Allemandes*[1], sûrement.

Il me fit signe de le suivre et nous pénétrâmes dans l'imposant bâtiment. Il passa un badge magnétique sur un capteur et la grande double porte en fer forgé se déverrouilla dans un léger bourdonnement électrique. Nous traversâmes un long hall d'entrée bordé de boîtes aux lettres et nous nous arrêtâmes devant une porte blindée d'un modèle que je me rappelais avoir vu dans l'entreprise de Gaston. Fixé au mur sur la droite près de l'huisserie, un clavier alphanumérique s'illumina en bleu lorsqu'il pianota ce qui semblait être une longue chaîne de caractères. Nouveau buzz de serrure et j'eus l'impression de pénétrer dans les entrailles secrètes de la franc-maçonnerie.

Ce que nous avions devant nos mirettes était à la fois étonnant et majestueux. Nous venions de déboucher sur une cour intérieure au milieu de laquelle était encastrée entre deux immeubles une sorte d'église de style roman dont on ne pouvait voir que la façade. Gaston devait avoir l'habitude de voir l'étonnement dans les yeux de ceux qui débarquaient ici pour la première fois, car il étudia les réactions sur mon visage avec minutie.

— C'est étonnant, hein ?

— C'est là-dedans que ça se passe ? demandai-je, interloqué.

— Oui, mais je te rassure, cette façade est tout ce qui a été conservé de l'église de l'époque. On ne sait pas vraiment comment elle s'est retrouvée comme ça, engoncée entre deux bâtiments, mais toujours est-il que tous les propriétaires qui se sont succédé ont conservé cette partie.

— Ils ont eu raison, ça en jette !

— Suis-moi.

Je m'engageai dans le sillage de Gaston et nous passâmes une nouvelle porte. Il actionna plusieurs interrupteurs, et la lumière fut.

Ce que je découvris en face de moi me déstabilisa. On aurait dit le décor bon marché d'une pièce de théâtre contemporaine, et par pièce contemporaine, je veux dire une histoire au scénario incompréhensible accompagné d'une bande-son baroque tout aussi obscure. Rien à voir avec la prestance de la façade romane que nous venions de laisser derrière nous.

Une grande pièce rectangulaire au carrelage à damier noir et blanc s'étirait devant moi jusqu'à une petite estrade sur laquelle étaient placés trois bureaux en bois. Le plus imposant, au centre, se voyait submergé par des babioles en métal et en bois, ainsi que par de nombreux chandeliers. Les deux autres, placés à droite et à gauche, étaient beaucoup plus sobres et de plus petite taille.

Sur presque toute la longueur, des rangées de sièges de cinéma à l'assise rabattable étaient placées face à face, de part et d'autre d'une large allée centrale décorée de quelques colonnettes de tailles différentes. Je vous passe les détails sur tous les symboles occultes éparpillés tout autour de nous comme une lune, un soleil, une corde à nœuds et des sortes d'instruments de mesure d'un autre âge que je ne sus reconnaître.

Un sentiment de malaise s'empara de moi. Je ne pouvais dire si c'était l'odeur de bougie omniprésente, à la limite de la nausée, ou l'absence de fenêtres qui m'oppressaient, mais une chose était sûre : je me demandais ce que je foutais là. J'avais la désagréable impression de me retrouver dans une cave dédiée à la secte du Temple solaire et j'espérais que très vite, Gaston pourrait apaiser mes craintes avec des explications.

— Bon, assieds-toi, on n'a pas beaucoup de temps avant la tenue, tonna-t-il.

— La tenue ? fis-je en fronçant les sourcils.

— Oui, c'est le moment où mes frères et moi, on se réunit.

— Tes frères ?

Gaston plaqua une main sur son visage.

— Désolé pour le jargon, mais je ne peux pas tout t'expliquer, ce serait trop long...

— T'avais dit que t'avais une idée pour me faire entrer dans... ta tenue.

— Dans ma loge, la tenue c'est une...

— Une réunion, oui, ça va, j'ai compris ! m'exclamai-je, un peu agacé.

Il soupira et reprit :

— On va commencer doucement par la base. T'as une idée de ce qu'est la franc-maçonnerie ?

— Pas grand-chose. Un truc qui vient des Templiers où tous les nantis se réunissent pour faire du business ?

— Rien à voir avec l'ordre du Temple ni avec le business. La franc-maçonnerie est un rassemblement d'hommes qui pensent qu'on peut changer le monde en s'améliorant chacun un peu plus chaque jour et en donnant l'exemple dans l'espoir de construire une société moins individuelle et plus humaniste.

— Le discours est bien rodé, j'avoue.

Une ombre courut sur son visage. Il parut vexé. Désolé, mon vieux, je pige pas trop le concept, mais ça va venir.

— Bon, en gros, on a tout un rituel, des symboles et un protocole pour déconstruire chaque frère et qu'il puisse se reconstruire en homme meilleur, reprit-il.

Les bisounours, quoi. J'enchaînai rapidement :

— Ma question est : comment tu m'intègres là-dedans sans éveiller les soupçons et sans que je me fasse gauler ?

— J'y viens. On a un système de grades, comme dans la police si tu veux, qui va d'apprenti à maître. En gros, les nouveaux arrivants démarrent au grade d'apprenti et pendant deux ans environ, ils n'ont pas le droit de parler.

— Hein ? Comment ça ?

— Tu le verras tout à l'heure, mais en dehors d'un protocole qui se répète, nos tenues sont animées par des interventions qu'on appelle des planches à la suite desquelles la parole circule et des débats – ou des réflexions – s'ouvrent. Seuls les compagnons et les maîtres peuvent y participer, les apprentis, eux, sont là pour écouter. Je te présenterai comme un ami qui vient de déménager à Lyon, qui est tout jeune apprenti et qui cherche une loge. Vu que tu passeras la majeure partie de la tenue assis sans moufter, tu seras sûr de ne pas dire de connerie ni de te trahir.

— Et personne ne va me poser de questions ?

— Quand on sera en loge, répondit-il en secouant la tête, tu vas vite comprendre qu'on ne parle pas entre nous. C'est un lieu sacré où le silence est d'or. On apprend surtout à écouter avant de parler.

— Et les apprentis, ils ne jactent pas pendant deux piges ? Ça m'a pas l'air marrant pour un sou, ton affaire !

— On est là pour oublier l'homme qu'on est dans la vie de tous les jours, alors ça doit passer par deux années de silence. Ça te force à contenir tes émotions et à ne pas juger ce qui se dit, de telle sorte que le jour où on t'autorise à ouvrir la bouche, ce qui en sort est bien structuré, digéré et analysé. On veut éviter les réactions à l'emporte-pièce et les jugements hâtifs.

— C'est vos nanas qui doivent être contentes du changement !

Il éclata d'un rire sonore qui s'évanouit rapidement dans la pièce pourtant grande, absorbé par les murs mats. J'avais enfin réussi à lui faire décrocher un sourire au milieu de son discours de gourou.

— Il faut tout de même que je t'apprenne deux ou trois trucs avant l'ouverture de la tenue. Et après, tu me parleras de l'enquête en cours.

Il se leva et se rapprocha de moi.

— Mets-toi debout, reprit-il, on va bosser les signes de reconnaissance et compagnie.

Bien que je ne comprisse pas la moitié de ce qu'il me disait, je m'exécutai et il m'empoigna la main rapidement.

— Tu vois, quand tu dis bonjour à un autre franc-maçon, tu lui serres la main comme ça et tu tends ton index à l'intérieur de sa paume pour lui tapoter trois fois le poignet. Sinon, tu fais trois bises et quand tu te recules, tu claques discrètement trois fois ta cuisse.

— Tout se fait par trois ?

— Oui, on aime bien ça, le chiffre trois, chez nous.

Parfois, ce type parlait vraiment comme un illuminé et souvent, je devais me forcer à penser à Léo et au deal conclu avec Van Deren pour ne pas prendre mes guiboles à mon cou et déguerpir en courant.

Nous répétâmes les quelques gestes de salutation et Gaston continua mon apprentissage express.

— Au tout début de la tenue, quelques minutes après qu'on est tous entrés, un des frères va passer entre les rangs pour vérifier que chacun d'entre nous est bien franc-maçon. Pour ça, tu vas devoir croiser l'index et le majeur de ta main droite et venir placer ta main sur ton cœur. Ton bras gauche restera bien droit le long de ta jambe et quand le frère s'arrêtera à ton niveau, tu taperas trois fois le côté de ta cuisse, sans faire de bruit. Ce sera le signe que tu es un apprenti et que tu as le droit d'assister à la tenue.

Il m'aida à ajuster ma posture la première fois puis rejoua la scène plusieurs fois jusqu'à ce que l'imposture le satisfît.

— C'est tout ? m'étonnai-je soudain.

— Oui, c'est tout ce que tu as à savoir. Tu vas sûrement comprendre à peine dix pour cent de ce qui va se passer, mais je ne peux pas compresser des années de concepts et de symbolique de cette vieille organisation en quelques minutes. Mon conseil : reste assis, ouvre les yeux et tâche de ne pas t'endormir.

— Je t'avoue que ça va être compliqué pour moi de faire avancer l'affaire si j'ai pas le droit de jacter un mot, tu crois pas ?

— Ça, c'est juste le temps de la tenue, après on se rend aux agapes.

— Traduction ?

— On va dans un resto juste à côté, on fait un bon gueuleton bien arrosé et tout le monde redevient ce qu'il est. Là, tu pourras parler.

— Et si on me pose des questions sur la franc-maçonnerie ?

— Change de sujet ! Je serai assis à côté de toi et si ça sent le roussi, je viendrai à ta rescousse. Il te faut juste une nouvelle identité. Et puis tu diras que tu viens de Paris, y'a des centaines de loges là-bas, aucune chance qu'on t'embête avec ça.

Il marqua une pause et parut fouiller sa mémoire.

— Tiens, reprit-il, tu diras que tu viens de la loge Pierre Brossolette, ça ira très bien.

— Pierre Brossolette, OK, répétai-je. Et pour mon nom, tu n'auras qu'à me présenter en tant que Romain Van Deren.

Il se déplaça vers le fond de la salle, jusqu'au bureau sur l'estrade, extirpa un grand cahier d'un des tiroirs et griffonna quelques mots. Je l'entendis psalmodier Romain Van Deren à plusieurs reprises et une minute plus tard, il revint vers moi.

— Viens, on va te trouver de quoi t'habiller.

Un frisson parcourut mon échine. Je me voyais déjà avec une longue robe et une capirote en mode Ku Klux Klan ou un truc dans le genre. L'inquiétude envahissait petit à petit tout mon corps, comme l'eau de mer dans les poumons d'un naufragé qui se noie.

— Attends, faut se déguiser ou quoi ?

— Mais non ! répondit-il en ricanant. On est tous en costume noir. On en garde toujours quelques-uns dans le vestiaire pour les cas où des frères n'auraient pas eu le temps de repasser par chez eux pour se changer. On va tâcher de trouver des éléments à ta taille.

Nous dûmes sortir de la salle et rebrousser chemin jusque dans le hall d'entrée du bâtiment principal. Nous bifurquâmes sur notre droite et nous retrouvâmes face à une nouvelle porte que Gaston ouvrit après avoir trifouillé quelques secondes son gros trousseau de clefs. Je me figurai alors que la pièce dans laquelle nous allions pénétrer devait correspondre au local de l'antiquaire dont j'avais repéré l'enseigne à l'extérieur.

— C'est pas censé être un antiquaire ici ? lançai-je pour briser le silence.

— La loge a racheté toute une partie du rez-de-chaussée il y a bien vingt ans déjà. Le local nous sert de vestiaires, de salle d'archives et un peu de débarras, je l'avoue.

Lorsque nous entrâmes, je compris pourquoi Gaston avait utilisé ce mot. Mis à part les casiers métalliques du style de ceux qu'on voit dans les salles de sport, le désordre ressemblait à celui de mon garage à l'époque. Je fis un tour d'horizon des yeux et discernai tout un tas d'objets bizarres dont j'espérais ne pas découvrir l'utilité ce soir. J'avais déjà beaucoup à digérer pour pouvoir donner le change face à tous ces initiés et tout ce décorum me mettait mal à l'aise.

Gaston fouilla quelques casiers et trouva rapidement une veste et un pantalon à ma taille. En moins de temps qu'il ne faut à un avocat pour vous facturer cinq cents balles un simple coup de fil, je me retrouvai déguisé en pingouin.

— La classe, mon vieux ! tenta Gaston, sûrement pour me rassurer.

Je grimaçai et ma moue se fit plus sérieuse quand je vis les objets qu'il me tendait.

— C'est quoi, demandai-je, les sourcils toujours froncés.

— Une paire de gants et un tablier.

— Tu vas pas me filer une plume à un moment, si ?

Nouveau rire.

— Les gants et le tablier blancs symbolisent les accessoires de l'ouvrier bâtisseur qui travaille à tailler sa propre pierre pour la rendre plus belle, plus lisse.

— T'avoueras que ça sonne comme un discours de secte, non ?

Gaston se renfrogna. Il avait visiblement du mal à encaisser les critiques sur sa confrérie.

— Tu m'as demandé de te faire entrer en franc-maçonnerie, c'est ce que je fais. Si ça ne te convient pas, tu sais où est la sortie.

Mollo, l'artiste ! J'avais bien envie de lui sortir ses quatre vérités, mais je me retins. Fallait pas que je déconne. J'avais juste à ravaler ma fierté quelque temps, jouer les indics pour la rousse et peut-être que sous peu, tout rentrerait dans l'ordre. Je pourrais retrouver mon appartement et un semblant de vie normale et surtout, revoir Léo. Je pensai soudain à la tête qu'elle ferait si elle me voyait comme ça, dans cet accoutrement ridicule, et je souris.

— Bon, repassons dans la loge, lâcha-t-il, et ce sera à toi de remplir ta part du contrat.

Je pris place sur l'un des sièges de cinéma et Gaston s'installa sur la rangée en face de moi. Entre nous, trois colonnettes occupaient l'espace dans un positionnement qui devait encore une fois relever d'une quelconque symbolique mystique.

— Tu veux savoir quoi ? lui demandai-je de but en blanc.

— Tu m'as dit que le meurtrier avait laissé un message près du corps d'Amar...

— Ouais, attends que mes petites cellules grises se remettent à fonctionner... Je crois que c'est ce costard, il me serre trop... Ah oui !

Je lui répétai la phrase plusieurs fois et tout son sang parut quitter son visage. Il s'affala sur son siège et tira la même tronche que si on venait de lui apprendre qu'il était le fils d'Adolf Hitler.

— Ça te dit quelque chose ? dis-je en brisant le silence.

— Oui... souffla-t-il.

— C'est quoi le GADLU ? Adoniram et Méthou-machin ?

— C'est un acronyme. Ça veut dire Grand architecte de l'univers.

Je voulus exploser de rire, mais je me retins face à la gravité de l'expression de Gaston. Comme ça ne m'aidait pas du tout à comprendre quoi que ce soit, je le laissai continuer :

— La franc-maçonnerie est par essence adog-matique et donc non religieuse. On parle du GADLU comme principe créateur. Les croyants y voient Dieu, les cartésiens y voient la nature, la science et les agnostiques, dont je fais partie, s'au-torisent à douter et ne cherchent pas forcément à définir ce concept. Le Grand architecte de l'univers convient à tout le monde, sans froisser personne ; c'est ça, l'universalité de la franc-maçonnerie.

Pour ce qui est d'Adoniram, il fait partie des personnages de nos mythes fondateurs. Méthousaël aussi : c'est l'un des trois mauvais compagnons...

Il se leva et déambula lentement sur le sol en damier de la loge, le regard perdu dans le vide. Il était blême, on aurait dit qu'il venait de voir un fantôme.

— Tout ce charabia vient de ta confrérie, on est d'accord ?

Il ne répondit pas.

Quand il passait près de moi, je pouvais l'entendre murmurer. Encore un mantra pour pingouin assoiffé d'occulte ?

— Tu le connaissais bien, l'Amar en question ? tentai-je.

Il s'approcha et vint s'asseoir à côté de moi.

— Bien sûr. On se connaît tous très bien, on est comme des frères, bordel, grogna-t-il près de mon oreille comme si j'étais responsable du meurtre de son pote.

— Qui aurait pu lui en vouloir au point de le tuer ? T'as une idée ?

— Absolument pas. Amar était gentil comme tout, la bonté incarnée. Il était prof et donnait même des cours gratuits pour les gosses des cités en difficulté.

Il se gratta la tête frénétiquement.

— Ce qui m'inquiète, relança-t-il presque essoufflé, c'est la symbolique du message...

— C'est-à-dire ?

— J'ai l'impression que le meurtrier veut rejouer la légende d'Adoniram...

Ses yeux exorbités regardaient au loin, au-dessus de ma tête, comme le font parfois les chats alors que vous êtes manifestement seuls dans la pièce. Un truc à vous foutre les jetons.

J'ouvris la bouche pour le relancer, mais il me coupa dans mon élan :

— C'est l'histoire des trois mauvais compagnons : Méthousaël, Phanor et Amrou... Ils veulent soutirer le mot de passe des maîtres à Adoniram et chacun d'eux le blesse d'une façon différente jusqu'à le tuer.

Je restai coi, c'est souvent la meilleure chose à faire quand on pige que dalle.

— T'as pas compris ? C'est la symbolique de la vengeance d'Adoniram...

— Et donc ?

— Je pense que le tueur veut venger la mort d'Adoniram en éliminant les mauvais frères qui l'ont tué.

— OK, mais ça n'éclaire toujours pas ma lanterne...

— Il va y avoir d'autres meurtres, intervint-il.

Il s'affala de nouveau sur son siège dans un grincement lugubre et se prit la tête entre les mains.

— Phanor et Amrou... reprit-il en chuchotant. Deux autres frères vont mourir...

12

L'horloge approchait 20 h et Gaston m'avait fait répéter plusieurs fois le protocole. Il avait semblé de plus en plus nerveux et m'avait expliqué quel était son rôle en tant que vénérable de la loge, qu'il présidait donc chaque tenue et qu'il allait prendre l'entière responsabilité de mon débarquement subit dans son univers. En clair, si ça foirait, c'était de sa faute et les répercussions seraient graves pour lui.

Pour être honnête, le stress commençait à me filer les miquettes, car malgré les quelques explications de Gaston, je n'avais aucune idée de la façon dont allaient se dérouler les choses. Je ressentais la même sensation qu'avant un casse, une sorte de nervosité vague qui aiguisait mes sens pour me rendre plus lucide. Le trac du comédien, en somme.

Des frangins en costard de croque-mort affluaient par vagues et se massaient dans la petite cour intérieure, face au fronton de l'église de jadis. Chaque fois, Gaston faisait les présentations. Romain Van Deren par-ci, Romain Van Deren par-là et, bien sûr, la fameuse salutation maintes fois répétée. Tous parurent sincèrement enchantés de m'avoir parmi eux et leur bienveillance à mon égard réussit à me détendre quelque peu. Ou à faire baisser ma garde…

Un peu mal à l'aise dans mon deux-pièces et comme le brouhaha se faisait de plus en plus fort, je levai les yeux en direction des murs des deux bâtiments qui nous surplombaient et remarquai qu'aucune fenêtre ne donnait directement sur notre petit manège. Le secret de ce qui se tramait ici-bas était donc bien gardé.

Soudain, toutes les lumières s'éteignirent et on alluma des bougies. L'ambiance devint tout à coup plus mystique. La lueur de flammes projeta des ombres mouvantes sur la façade de l'église et j'eus l'impression de faire un bond en arrière dans le temps. Tout le monde se tut et nous nous massâmes en silence devant la porte de la loge. Un panier en osier circula parmi les frères, qui y déposèrent montres, gourmettes, chevalières et téléphones portables. Ce curieux rituel ne m'avait pas été appris par Gaston, mais je n'avais après tout qu'à imiter mes congénères.

Un des mecs, très protocolaire et d'allure pète-sec, se baladait avec une longue et épaisse canne et tenait un chandelier à bout de bras. Il fit plusieurs annonces que je ne compris pas et des salves de pingouins pénétrèrent dans la salle plongée dans l'obscurité. Lorsque ce fut à mon tour d'y aller, Gaston me tira discrètement par la manche et je m'engouffrai dans le noir. Mon ventre se serra comme si j'allais faire un saut dans le vide.

Pendant près d'une demi-heure se déroula devant mes yeux ébahis un long cérémonial théâtral et redondant, à la limite du comique. Je n'entravais pas un mot de ce qui se racontait. Ça parlait d'âge, d'ouvriers, de travail, d'heure qu'il était, et on disposa petit à petit des tas d'éléments un peu partout dans la pièce, comme si l'on construisait un décor de cinéma.

Je faillis m'endormir quand ils passèrent à la partie administrative de la tenue, car on se serait franchement cru à la réunion du conseil municipal d'une petite ville. Je n'ai jamais mis les pieds dans un truc pareil, vous me direz, mais j'ai le sentiment que ça doit être aussi soporifique.

Enfin, Gaston fit appeler un des frères de l'assemblée pour qu'il vienne s'exprimer sur l'estrade.

J'assistai alors à une sorte de conférence de près d'une heure et demie sur un thème cher à mon cœur qui avait pour titre : De la nationalité à la française. Je déconne, évidemment ! Si j'avais fui les bancs de l'école, ce n'était pas pour me retaper, trente ans plus tard, des discours philosophiques pompeux sur des thématiques intangibles.

Par obligation, j'écoutai néanmoins ce type parler et je fus écorché en mon for intérieur quand il franchit plusieurs fois la ligne rouge avec des propos à la limite de la droite extrême. Je fus encore plus étonné de voir que personne ne l'interrompait et que tout le monde le laissait divaguer en roue libre.

Ce gars avait tout du nazillon moderne. Cheveux blonds gominés en arrière, yeux bleus et teint aussi blafard qu'un vampire qui se serait subitement réveillé d'un sommeil ancestral. Sa façon de parler dissimulait également de petits accents de bourgeoisie lyonnaise que n'auraient pas reniés certains royalistes de la dernière heure.

Heureusement, quand il eut terminé, s'ensuivit un débat très calme et très poli ou chacun put prendre la parole sans être interrompu et le gars se fit joliment critiquer. Si les émissions à la téloche où se mêlent journalistes et politiques pouvaient se dérouler ainsi, peut-être qu'on pourrait enfin y entendre des arguments de fond et non des guéguerres d'ego pour savoir qui a la plus grosse. Était-ce le genre d'exemplarité dont m'avait parlé Gaston et qui pourrait rendre le monde meilleur ? Il fallait quand même se lever tôt, mais c'était une piste.

Après les débats, le blondinet regagna sa place et débuta alors un nouveau cycle soporifique en plusieurs actes afin de démonter tout ce qui avait été monté. Et puis ce fut fini.

Les bras m'en tombèrent. Je venais d'assister à la réunion secrète d'une loge maçonnique, un lieu qui attisait toutes les spéculations les plus folles, qui réveillait les théories du complot les plus radicales et qui faisait même ressortir des propos issus des heures les plus noires de l'Histoire, et pourtant, tout ça n'avait finalement été qu'une sorte de conférence-débat entrecoupée par des pantomimes burlesques apprises par cœur. Si seulement les gens savaient...

De la même façon, à part quelques petits vieux sans âge et quelques cadres supérieurs aux costards à trois mille, l'assemblée était constituée d'un groupe de toutes origines sociales et ethniques, la même populace, en somme, que l'on pouvait croiser en sortant dans la rue un samedi de soldes. Exit les maîtres du monde qui fomentent en secret la destruction de l'humanité ou qui cherchent à contrôler les industries et les politiques de notre pays, je n'avais vu pour l'heure qu'une sorte de club philosophique au dessein plus que louable.

Nous nous changeâmes dans le vestiaire, certains restèrent en trois-pièces, et nous quittâmes l'immeuble pour nous diriger tous vers un restaurant à quelques pas de la loge. Quand nous fûmes arrivés à destination, les langues se délièrent.

— C'est comment, déjà, ton nom, mon frère ? me demanda un type assez classe aux cheveux pourtant hirsutes.

— Romain. Romain Van Deren, répondis-je en priant pour que la commandante ne m'en veuille pas.

— Enchanté, moi c'est Pascal. Tiens, là, à ta droite, c'est Tanguy.

— Salut ! Tanguy Nguyen, enchaîna mon voisin.

— Et là, reprit le Pascal en question, c'est Olivier.

Ce dernier hocha la tête en prenant place autour de la table. Le blondinet se joignit à nous et son air pédant me donna sur l'instant envie de le corriger.

— Qu'est-ce qu'on a au menu ce soir ? lâcha-t-il à la cantonade en se frottant les mains telle une mouche sur un étron.

Des discussions prenaient naissance et mouraient tous azimuts, le brouhaha se faisait de plus en plus fort et je me demandais ce que je pouvais bien foutre là. Je m'immisçais dans certaines conversations quand je sentais qu'elles étaient totalement anodines. On parla foot, politique, mais sans trop entrer dans les détails, un peu d'écologie et beaucoup de gonzesses, enfin, des « situations familiales », ce qui dans un groupe majoritairement hétéro revenait finalement à ça.

Un gars à gauche de Gaston annonça à la tablée :

— Vous savez pas ce qui m'est arrivé l'autre jour ? *(Non, mais je sens que tu vas nous le dire.)* J'ai chopé mon fils avec un joint à la fenêtre de sa chambre !

Des rires fusèrent et la réponse de Pascal, plutôt guindé, me surprit :

— J'espère que tu l'as confisqué pour le fumer en cachette !

De nouveaux rires. Têtes en arrière et bouches pleines de bouffe.

— Faudrait quand même pas que ton fils s'enferme là-dedans, lança Gaston.

— Qu'est-ce que tu veux que je fasse ? répondit le type en écartant les bras. Je lui ai fait une leçon et je lui ai dit de bien faire gaffe à ne pas se faire prendre par sa mère, c'est tout !

Hilarité générale, sauf Gaston qui avait tiqué.

— Allez, mon Gaston, fais pas la gueule. Toi, tu sais pas ce que c'est, les gosses, mais tu verras si un jour t'en as, on maîtrise rien !

Il se pencha au-dessus de son caquelon de crème brûlée pour s'adresser à moi :

— Et toi, Romain, t'as des gosses ?

— Oui, répondis-je sans même réfléchir, une fille.

— Quel âge ?

— Bientôt 16, dis-je sans en être vraiment certain.

— Aïe aïe aïe ! C'est là que les ennuis commencent !

Je lui rendis son sourire tout en bouillant à l'intérieur en sachant très bien ce qu'il voulait dire par là. La puberté, des mecs avec des boutons plein la gueule qui allaient lui tourner autour comme des hyènes en rut, les autres nanas avec de plus gros seins, elle avec de plus grosses fesses, trop maigre, pas assez maigre, trop grosse, trop petite, trop moche, trop con, trop pauvre, trop seule, trop mal accompagnée, trop, trop, trop.

Le blondinet me lançait des regards torves depuis un moment quand il se décida enfin à m'adresser la parole :

— Au fait, mon frère, Gaston nous a dit que tu venais de Paris, tu as été initié dans quelle loge ?

Le temps s'arrêta. Je m'étais répété ce nom des milliers de fois dans ma tête et là, pas moyen de le sortir. Mon ciboulot tournait à plein régime pour aller cueillir l'information quelque part dans les tréfonds de ma mémoire. J'espérai que la pause ne fût pas trop longue, pas trop voyante. C'était quoi, le nom de cette putain de loge, déjà ? Un nom impossible à oublier. Celui d'un des plus grands résistants de la Seconde Guerre mondiale. Il s'était même défenestré pour ne rien révéler aux Schleus, un vrai héros le type ! Bordel, c'était pas possible ! Sur le moment, j'eus l'impression que j'étais en capacité de leur citer sa pointure, au type, la couleur de ses yeux et le dernier repas qu'il avait avalé, tout, sauf son nom... Le trou noir !

— Pierre Brossolette, intervint Gaston à ma rescousse.

J'adressai un grand sourire au blondinet et il reprit :

— Ah ! Formidable loge ! Tu as dû y croiser Armand Zimmermann, quel homme captivant, un puits de science !

— Très vite fait, oui, répondis-je. Faut dire que je ne suis pas resté très longtemps.

Gaston reprit le flambeau à la volée, me soulageant d'un fardeau qui commençait à me peser :

— Romain n'a fait qu'une seule tenue après son initiation et il a été muté en catastrophe ici à Lyon, c'est pour ça qu'il s'est tourné vers moi. Il était complètement perdu. Tu sais ce que c'est, Philippe, tu te rappelles quand on était apprentis, les premiers jours ?

— M'en parle pas ! dit Phillipe en exhibant des dents trop blanches pour ne pas se sentir de la race supérieure. On ne comprenait rien ! Moi-même je me suis demandé à plusieurs reprises ce que c'était que cet asile de fous !

La tablée éclata de rire et le blondinet enchaîna :

— T'inquiète pas, mon Romain, tu vas être bien ici. L'ambiance est bon enfant et je te promets qu'on fera mieux que nos frères de la capitale pour te guider vers la lumière.

Tous frappèrent trois fois sur la table du plat de la main.

Après les cafés et des digestifs trop nombreux pour un seul homme, les francs-macs se dispersèrent dans une profusion d'accolades fraternelles et de promesses de se revoir dans les jours à venir. Gaston resta à mes côtés et quand le trottoir le long du restaurant fut totalement déserté, il me proposa de me raccompagner à ma voiture.

— Alors, cette première tenue ? lâcha-t-il.

— Écoute, je m'en suis sorti vivant, c'est déjà pas mal !

Alors que nous débouchions dans une rue éclairée, une berline nous dépassa lentement et le bruit du moteur qui s'éloignait laissa place à celui de nos pas.

— Je peux te poser une question ? dit Gaston en se tournant vers moi.

— Dégaine.

— Tu crois que le meurtrier est un frère de la loge ?

— Je vais être honnête, mon cher Oudini, c'est pas vraiment moi qui fais l'enquête. Je suis en mission d'infiltration parmi vous pour être les yeux et les oreilles de la Crim', ça va pas chercher plus loin.

— Tu crois qu'il va recommencer à tuer ? me demanda-t-il d'une voix fluette.

— J'en sais rien, c'est toi qui as évoqué l'idée tout à l'heure.

— J'ai dit ça comme ça... Les messages évoquent clairement la légende d'Adoniram.

— Écoute, te fais pas de bile, je suis en contact direct avec les flics et je t'ai promis que je ferais tout pour te protéger si tu m'aidais à entrer en franc-maçonnerie, donc si ça sent le roussi, ils interviendront sans délai. Je vais devoir faire un rapport à mon contact et lui ressortir tout ce que tu m'as expliqué, j'espère que je me souviendrai de tout, c'est compliqué ton affaire.

Nous arrivâmes à proximité de ma BMW. Je

jetai un coup d'œil sur l'engin et ne pus m'empêcher de sourire. Je sais, c'est peut-être un peu beauf, mais chacun ses passions. Certains préfèrent écouter des nazillons parler de nationalité française, habillés en costard trois-pièces Hugo Boss dans des caves mal éclairées, et d'autres vont courir tous les soirs sur les bords du Rhône en espérant repousser la mort à coup de cardio intensif. Moi, c'est les bagnoles. Et plus particulièrement, les BMW. Et je peux vous dire qu'un Italien dans une Allemande, c'est toute une histoire !

Je tendis la main à Gaston :

— Bon, mon vieux Oudini, je ne te fais pas l'affront de te serrer la main avec votre signe secret, mais le cœur y est.

Il me décrocha un petit sourire et pressa le pas en direction de sa voiture. À mi-chemin, il se retourna subitement.

— Hé, Romeo ! Arrête de m'appeler par ce nom !

13

Un chapitre treize pour Romeo Brigante ? Vous délirez ! Rien que d'écrire le chiffre, j'en ai des frissons partout.

14

———

Les digeos et la bouffe trop grasse avaient sérieusement attaqué ma capacité à dormir d'une seule traite jusqu'au petit matin. Je transpirais, me retournais dans ce lit minuscule et faisais cauchemar sur cauchemar.

Sur la table de nuit, mon téléphone vibra soudain et j'eus l'impression qu'un tremblement de terre avait lieu juste sous l'hôtel. Je jetai un œil sur l'écran : c'était Van Deren. Il était 4 h du matin dépassé de quelques minutes. Mon cœur accéléra, cavala quelques secondes avant que je décroche.

— Déjà debout ? lâcha-t-elle sans préambule.

— Pas vraiment dormi, on va dire.

— Bon, on vient d'être appelés sur une scène de crime. Je te le donne en mille : notre meurtrier a encore frappé.

Je pensai immédiatement à Gaston. Ses inquiétudes se révélaient vraies.

— On sait qui est la... ? demandai-je, mon pouls martelant mes tempes.

— Pas encore, me coupa-t-elle, mais le meurtrier a de nouveau laissé un message et gravé un nom sur le torse de sa victime. J'en saurai plus dans la journée, je te propose un débrief ce soir. Je te recontacterai pour le lieu.

— Et ça valait la peine de m'appeler à cette heure-ci pour me dire ça ?

Van Deren marqua une pause.

— Je voulais savoir si tout allait bien de ton côté.

— Ça va. J'ai appris pas mal de choses, justement.

— OK, intervint-elle. Fais attention à toi, Brigante...

Elle raccrocha.

Je me rallongeai sur le dos, remontai ma couverture jusque sous mon menton et scrutai l'obscurité au-dessus de moi. Et si c'était Gaston ? Est-ce que j'aurais pu faire quelque chose pour éviter ça ? Lui proposer un dernier verre et le raccompagner chez lui ? Je pianotai un SMS à son attention pour qu'il me rassure, mais vu l'heure, même s'il était sain et sauf, il ne me donnerait une réponse que des heures plus tard.

Merde, j'avais vraiment le don de laisser délibérément mes crayons dans l'engrenage. J'étais coincé, il fallait aller jusqu'au bout désormais.

15

J'avais à peine pu fermer l'œil de la nuit et j'étais tellement dans le coaltar que j'avais demandé à Van Deren de me rejoindre pour le petit dej directement à mon hôtel. J'étais à peu près sûr qu'elle refuserait et me demanderait d'aller la rejoindre en territoire de flics, mais je ne savais pas si j'allais pouvoir encore supporter ses faux restos ritals et leur carbo avec de la crème. Surtout si elle commandait la becquetance à ma place. J'avais également essayé d'appeler Gaston des dizaines de fois, sans succès. Plus les heures défilaient, plus je me disais qu'il ne répondrait jamais plus à personne.

La salle de restaurant de l'hôtel de Paris était pratiquement vide. Le café n'y était pas terrible, mais elle avait le mérite de se situer à l'étage en dessous de ma chambre. Impossible de se perdre ou d'arriver en retard.

Van Deren se pointa à l'heure prévue, aussi

ponctuelle qu'un coucou suisse. Deux énormes cernes creusaient son visage déjà très fin, sans que ça entache sa petite bouille de poupée de porcelaine. Poupée qui en a vu des vertes et des pas mûres tout de même.

— Désolée pour le réveil en catastrophe, lança-t-elle de but en blanc alors qu'elle entrait dans la pièce voûtée.

Je n'avais jamais su quoi faire quand elle s'approchait de moi. Lui serrer la main ? Lui taper la bise ? Lui faire un salut militaire ? Alors je fis ce que je faisais d'habitude. Rien. À chaque fois que nous nous voyions, on ne se saluait pas, elle attaquait toujours les hostilités par une phrase d'accroche – comme elle venait de le faire à l'instant – et, en général, on prenait place l'un en face de l'autre pour parler.

Je tirai une chaise et m'installai… en face d'elle.

— Y'a pas de mal, répondis-je en lui versant une tasse de café fumant. C'est pas comme si j'avais une journée de taf qui m'attendait… Je veux dire, comme à l'époque, au bar.

— Tu en as fait quoi finalement de ton bar, d'ailleurs ? lança-t-elle sur un ton presque amical.

Je n'étais pas certain qu'elle s'intéresse vraiment au sort de l'entreprise qui m'avait offert une vraie reconversion dès ma sortie de prison, mais je lui répondis quand même :

— Revendu. Mon associé s'est chargé de tout pendant que j'étais à Pont-en-Royans.

— Et t'as prévu quoi pour la suite ?

— Pour l'instant, je bosse comme indic pour une petite *start-up* qui monte, la DIPJ de Lyon, je sais pas si vous connaissez.

J'arrivai à lui faire décrocher un rictus. Elle cédait sûrement à la fatigue.

— À ce propos, avant que je te mette au parfum, dis-moi ce que toi, tu as découvert.

Je pris une grande inspiration, croquai dans un croissant et remuai ma tasse quelques instants avant de commencer :

— Gaston m'a fait un topo rapide, une sorte de formation express, et j'ai assisté à une tenue avec tous les mecs de la loge.

Van Deren écarquilla les yeux. Au fond de son regard étincelaient la soif de connaissance et la curiosité. Comme elle ne disait rien, je continuai :

— J'en ai appris un peu plus sur la signification du message laissé par le tueur.

— Je t'écoute.

— En gros, avec le décodeur, ça dit : « *Ta place est auprès du Grand architecte de l'univers, rappelle-toi Adoniram et tremble pour tes frères.* »

— Bon, ça, je t'avoue qu'on l'avait déjà, dit-elle, l'air un peu déçu. Sauf pour les *frères*. C'est les deux F suivis des trois points, c'est ça ?

Je hochai la tête.

— OK, quoi d'autre ?

— La légende d'Adoniram est un des mythes fondateurs de la franc-maçonnerie et d'après ce que j'ai compris, c'est l'histoire de trois mauvais frères qui se seraient attaqués à un maître maçon du nom d'Adoniram. Il y avait Méthousaël, Phanor et Amrou.

Le visage de la commandante se figea dans une expression grave.

— Phanor... C'est le nom qui a été gravé avec une lame sur le torse de la deuxième victime.

Mon impatience augmenta et je mâchai plus vigoureusement mon croissant, dans l'attente du moment fatidique où la flic m'annoncerait l'identité de la victime.

— Le type qui s'est fait tuer s'appelait Janis Amsalem.

Ouf ! Gaston était sain et sauf. Non pas que je lui porte une estime particulière, ce qui aurait été ridicule compte tenu du temps que nous avions passé ensemble, mais il avait partagé des moments importants de mon passé et je n'aurais pas pu être totalement insensible à sa mort. Je ne suis pas, comme Van Deren, fait de glace.

— Je l'ai croisé au repas après la tenue, relançai-je. Un type plutôt discret.

— Soixante ans, intervint la commandante comme si elle ne m'avait pas entendu, psy, toujours marié, mais il vivait seul, sa femme s'étant mise avec quelqu'un d'autre. Il a été étranglé dans une ruelle à deux pas de chez lui à l'aide d'une sorte de filin en acier relié à une équerre en bois. D'après nos recherches, c'est ce que les francs-maçons appellent un niveau et qui leur sert d'objet symbolique. Faudra que tu te rencardes là-dessus, c'est ton domaine, maintenant. Dans la main de la victime, toujours le même message, qui n'a pas bougé d'un iota.

— Vous pensez qu'il va y avoir une troisième victime ? Le Amrou en question ?

— L'affaire m'a tout l'air de prendre cette direction, malheureusement. À nous d'empêcher ça.

— À vous ! dis-je en me crispant. Moi, je vous file simplement la main, je suis pas flic, c'est pas mon rôle.

Elle fit un geste de recul et une ombre passa sur son visage comme si elle réalisait soudain ce que je venais de lui dire.

— T'as raison, reprit-elle d'une voix plus douce, c'est à la police d'empêcher ça. Je voulais simplement dire que ton aide pourrait nous être très précieuse.

— Je vais faire le max. Vous avez autre chose ou je peux aller me recoucher ?

— Oui, une dernière chose. On a retrouvé une clef USB cachée dans la chaussure de Janis Amsalem. Elle a été piétinée et partiellement détruite quand il a dû se débattre avec son agresseur, mais les techniciens ont déjà de premiers éléments. La mémoire contient des fichiers audio dont les titres sont composés de numéros de séance accompagnés d'initiales. On pense que le psy enregistrait ses consultations.

Mes sourcils s'arquèrent en deux accents circonflexes.

— Oui, Brigante, je sais ce que tu te dis,

enchaîna la commandante. Est-ce que les patients étaient au courant qu'on les enregistrait ou bien... ?

Dans ma poche, mon portable avait déjà émis quelques trépidations depuis le début de notre conversation et il vibrait désormais en continu. Par politesse, je jetai un œil discret à l'identité de l'appelant.

— Si tu dois prendre l'appel, fais-le, lâcha Van Deren.

— C'est Oudin, rétorquai-je.

— Réponds-lui ! De toute façon, il faut que je file.

Elle se leva, fit quelques pas en direction de la sortie puis s'arrêta brusquement pour se retourner.

— J'ai besoin qu'on se voie pour notre *autre* affaire. Je te recontacterai rapidement, c'est important.

L'expression de son visage avait changé du tout au tout. Ses cernes parurent tout à coup lui donner un air triste. Je sentais bien qu'elle ne voulait pas lâcher le morceau avec Perez et ça m'arrangeait bien, car moi non plus. Mais mon pif me disait qu'il y avait quelque chose d'autre, plus profond, et j'étais déterminé à le découvrir. Elle ne pouvait pas avancer sur ce dossier sans moi et ça me donnait un léger ascendant sur elle ou tout du moins une longueur d'avance. Avec la laisse de la police, il vaut mieux avoir quelques mètres de mou supplémentaires, je sais de quoi je parle.

Dans ma paume, mon portable trembla de nouveau et je décrochai :

— Désolé, tonna Gaston sans préambule, le téléphone n'arrête pas de sonner depuis ce matin, j'en peux plus. T'as appris la nouvelle, j'imagine ?

— Ouais, je sors d'un briefing avec mon contact au sein des flics.

— T'as des infos ? me demanda-t-il, anxieux.

— Tu sais qui est la vict...

— Janis, coupa-t-il. Merde...

Sa voix s'était distordue et je lui laissai le temps de reprendre du poil de la bête.

— C'est un coup dur. D'abord Amar... puis lui... (il renifla) Que dit la police, alors ?

— Il a été étranglé à l'aide de...

— D'un niveau, intervint-il une deuxième fois. Putain...

— Quoi ?

— Le tueur reprend la légende d'Adoniram... Il va forcément y avoir une troisième victime... Il faut absolument que la police arrête le tueur ! Pourquoi il nous cible, nous, bordel, pourquoi ?!

— Mon contact a parlé d'une clef USB avec des enregistrements audio.

— Hein ?

— Janis était psy, non ? Les flics pensent qu'il enregistrait ses séances.

Un silence lourd sur la ligne.

— Là... c'est la merde... reprit Gaston.

Sa voix était presque éteinte, un chuchotement retransmis par voie numérique.

— Pourquoi c'est la merde, Gaston ?

Il s'éclaircit la gorge et répondit :

— Rien... je... Euh... Il y a peut-être un truc, mais je ne peux rien dire tant que je n'ai pas regardé tout ça de plus près.

— Si tu sais quelque chose, il faut...

— Je sais, je sais, mais là... c'est du lourd. T'as beau bosser avec la police, il y a deux cadavres parmi mes frères, il faut que je pense à moi, que je me protège. Tu vas pas m'arrêter, quand même ?

— J'ai pas ce pouvoir, Gaston, et puis je ne suis là que pour chercher la vérité, pour faire la lumière.

— Tu parles déjà comme un vrai franc-maçon ! Bon, je dois te laisser, j'ai des doubles appels dans tous les sens, là. Tu peux passer chez moi après le boulot si tu veux, je t'envoie l'adresse par texto.

— OK, ma secrétaire vérifiera mon emploi du temps.

À peine avais-je terminé ma phrase qu'il avait déjà raccroché.

16

La vie dans ce minuscule clapier me tapait sur les nerfs. Je n'avais pas fait quatorze ans de taule pour me retrouver entre quatre murs à peine trois ans après ma sortie. Mais après ce qui m'était arrivé avant que je doive demander de l'aide à la police pour sauver mes miches, je ne pouvais décemment pas retourner chez moi, pas encore. J'avais néanmoins un grand besoin de fringues de rechange et de deux ou trois autres bricoles qui attendaient bien sagement dans mon vieil appart du 5ᵉ arrondissement, aussi décidai-je d'aller y faire un tour.

Nichée au cœur du vieux Lyon, ma turne se situait au dernier étage d'un immeuble qui avait dû traverser toutes les guerres, même celles de l'époque des Romains. Dans le quartier historique de la capitale des Gaules, l'architecture est tellement biscornue que toute idée de modernité – comme un ascenseur par exemple – peut directement être jetée aux oubliettes. Les six étages mirent mes cuisses à rude épreuve, mais j'arrivai enfin chez moi.

Le soleil filtrait à travers les jalousies et les rayons balayaient mon salon. Il y régnait une atmosphère calme et chaleureuse. Je fus immédiatement frappé par l'odeur qui flottait dans le couloir qui desservait toutes les pièces. C'était celle de Léo. Ce petit bout de femme avait débarqué dans ma vie aussi délicatement qu'un catcheur qui ouvre une boîte de conserve avec un pied de biche, mais dès lors, mon monde entier avait basculé. Dans tous les sens du terme.

J'ouvris lentement la porte de la chambre que je lui avais laissée et y pénétrai sans faire de bruit, comme si je m'attendais à la trouver endormie sur mon lit. Mais la pièce était vide et les draps défaits du pageot témoignaient d'un départ en catastrophe.

Je récupérai quelques affaires dans le placard et remplis ma trousse de toilette avec des babioles provenant de la salle de bains. Je fis plusieurs fois le tour de toutes les pièces pour voir si rien de suspect n'était arrivé et quand je fus rassuré, je me dirigeai vers la sortie d'un pas léger.

C'est alors que près de la porte d'entrée, sur le sol, j'aperçus une sorte de bout de papier plié en quatre que je n'avais pas remarqué en entrant. Je posai mes deux sacs au sol et me baissai pour inspecter la chose.

Quand je le dépliai, un long frisson me saisit :

« Il faut absolument qu'on parle. »

C'était signé : « A. P. »

Antoine Perez. Qui d'autre ?

Je fis demi-tour et marchai vers la cuisine. Je déposai le papelard sur la table et me dirigeai vers un placard suspendu d'où je sortis un verre carré et une bouteille de whisky. Constatant que je n'avais plus de glaçons, je frappai le côté du frigo du poing et tirai une chaise pour m'y asseoir.

Je relus la missive comme si j'avais déjà pu oublier les quatre ou cinq mots qui y apparaissaient et bus plusieurs gorgées du liquide ambré. Ma trachée encaissa le feu de la brûlure et mon corps se détendit.

Je n'avais pas posé un panard dans cet appartement depuis près de six mois, je n'avais donc aucun moyen de savoir de quand datait le message. Est-ce qu'il était possible que Perez ait tenté de me contacter avant que je ne balance tout son palmarès aux flics ? Dans ce cas, c'était peut-être mon absence de réponse qui l'avait foutu en rogne et c'était la raison pour laquelle il avait fait cramer la maison de retraite où séjournait mon *padre* et envoyé ses lieutenants pour déglinguer tout ce qui se trouvait dans mon bar en commençant par les vitrines. Ou alors, il savait que j'étais de retour en ville et il voulait me parler… Personnellement, je préférais cette seconde option. Un doux billet valait mieux qu'une mandale en pleine tronche.

Je restai le nez en l'air à réfléchir, comme si la

réponse à mes questions était planquée dans les moulures du plafond. Je terminai mon verre d'une seule lampée et le fit claquer sur le bois du plateau. Le son résonna dans la pièce silencieuse.

Si Perez voulait qu'on parle, je ne voyais qu'un seul moyen de le contacter, mais, une fois de plus, j'allais avoir besoin de l'aide de Van Deren.

17

Je m'étais installé dans la salle du fond d'un troquet où j'avais mes habitudes. Passées les mondanités d'usage avec le taulier et les quelques ragots du quartier – qui se résumaient en général à savoir qui couchait avec qui et qui avait acheté quoi ; le sexe et l'argent, que voulez-vous ? – j'avais commandé un Perrier et un sandwich pour éponger le sky qui me trouait déjà l'estomac et m'étais enfoncé sous la voûte en pierre jusqu'à la table la plus éloignée.

Je vérifiai que le réseau passait bien et composai le numéro de Sofia Van Deren. À peine une sonnerie et la flic décrocha :

— Je t'écoute, fais vite, je suis en route pour l'institut médico-légal.

J'eus soudain l'envie de lui raccrocher au pif. Depuis quand Romeo Brigante se laissait-il malmener par la flicaille comme ça ? Je ravalai mon élan de haine en repensant au fait qu'elle était la seule à pouvoir m'arranger le coup dans ma tentative de communiquer avec Perez.

— Si vous voulez toujours pêcher un gros poisson, j'ai peut-être un début de solution, mais je vais avoir besoin d'un passe-droit venant de l'administration.

— Pas le temps pour les devinettes, Brigante, sois plus clair.

Dans le bruit de fond, j'entendis une voix d'homme grogner quelque chose et une sirène retentir.

— Perez m'a fait parvenir un message. Il veut me parler.

— Comment ça, *parvenir* ?

— Il a glissé ou fait glisser un mot sous ma porte.

— À ton hôtel ? tonna-t-elle.

— Non, chez moi. Pas moyen de savoir si ça date d'avant ma fuite ou de quelques jours depuis mon retour. Toujours est-il que j'ai une idée pour prendre contact avec lui.

— Enchaîne, Brigante, enchaîne !

Son ton autoritaire me fila instantanément de l'urticaire, mais en bon chien-chien à sa maman, je fis le dos rond et continuai comme si de rien n'était. Je me dégoûtais.

— Je pense que si je passe par Benacer, je peux adresser un message à Perez. Il est toujours en taule ?

— Oui, oui, à Corbas, répondit-elle du tac au tac.

— Il faut m'arranger une visite.

Van Deren marqua une pause et le bruit de fond autour d'elle s'engouffra dans le combiné comme si un ingénieur du son avait soudain poussé le volume à fond. Des bruits de moteur, le deux-tons et la respiration rapide de la commandante.

— Tu sais bien qu'avec ton casier, c'est impossible, Brigante. Si seulement t'étais de la famille... Et encore.

— J'ai pas d'autre moyen.

Nouvelle pause. Puis un soupir. Un soupir de flic.

— Je vais voir ce que je peux faire... Mais si je te donne un jour et une heure, faudra y aller parce qu'il n'y aura pas d'autre choix, c'est compris ?

— C'est pas comme si j'avais un emploi du temps de ministre, rétorquai-je.

Derrière elle, de toute évidence, ça s'affolait. J'entendis quelques cris masculins.

— Tant que je te tiens, Brigante, j'ai fait quelques recherches au sujet de ce que tu m'as demandé. Pour ta fille.

Mon estomac se serra. Était-ce le whisky ou mon instinct paternel ?

— Eh bah quoi ? soufflai-je, agacé.

— J'ai vérifié son état civil ; mon collègue du commissariat du 5ᵉ avait raison.

À son tour de jouer aux devinettes. Je ne pouvais rien présumer d'après le ton de sa voix, mais j'avais la sale impression qu'elle jouissait du fait de me savoir pendu à ses lèvres. Parano, moi ? Jamais !

Comme je ne disais rien, Van Deren reprit :

— Son extrait de naissance mentionne qu'elle a déjà un père… et c'est pas Romeo Brigante.

Je raccrochai sans demander mon reste.

Si je n'avais pas été dans un bar tenu par un pote, j'aurais envoyé valdinguer bouteille, verre, assiette et table. Je serrai les mâchoires à m'en faire fondre les plombages.

Léo avait déjà un père…

18

J'en étais à mon troisième tour de périphérique. Quoi, c'est pas écolo ? J'ai passé quatorze printemps à me servir exclusivement de mes guiboles, je peux vous dire que j'ai de la marge sur mon empreinte carbone. Je pense que je pourrais faire cramer des tas de pneus pendant deux ans que je n'aurais même pas autant pollué qu'un gonze qui se tape son aller-retour quotidien banlieue-Paris en diesel. Que voulez-vous, le confort de ma BM et les rugissements feutrés de son moteur m'aidaient à évacuer les mauvaises ondes et m'empêchaient de broyer du noir.

Pour être certain que la thérapie fonctionne, j'avais récupéré mon album préféré de Neil Young et l'avais fait jouer en boucle dans mon tacot. Alors que la mélodie des arpèges de l'intro de *Old Man* résonnait dans tout l'habitacle aussi puissamment qu'un concert au Stade de France, je perçus néanmoins la sonnerie de mon portable, négligemment posé sur le siège passager. C'était Léo. Les paroles me rappelèrent à la douce ironie de mon sort.

Je repérai une aire de stationnement sur le bas-côté et m'y engageai. Hors de question de téléphoner au volant. Romeo Brigante : citoyen modèle. Ça vous en bouche un coin !

— Allô ? répondis-je après m'être jeté sur le téléphone.

— Putain, t'es où ? C'est quoi, ce bordel ?

Elle jurait comme une charretière, elle arrivait presque au niveau de Van Deren.

Je fis taire Neil Young d'un tour de poignet sur le contact et repris :

— C'est mieux comme ça ?

— Qu'est-ce que tu fais ? T'es à un concert ou quoi ?

— Je suis dans ma voiture. Ça va ?

— Yes et toi, P'pa ?

Le mot me serra le cœur et la poigne sur mon portable se fit plus forte.

— Ça va, ça va, mentis-je. Ta mère est au courant que tu m'appelles ?

— Bien sûr que non ! Je voulais avoir de tes nouvelles... Qu'est-ce qu'ils t'ont fait, ces putain de flics ?

— Hé ! Ne parle pas comme ça ! Figure-toi que la commandante Van Deren a fait jouer son grade pour m'éviter un gros paquet d'ennuis.

— Comme ?

— Comme retourner en prison...

— Juste parce que tu étais dans un parc avec ta fille ? Mais c'est hallucinant !

Nouveau pincement au palpitant.

— C'est plus compliqué que ça. Bref, te fais pas choper en train de me parler, ça pourrait mal finir, repris-je, une pointe d'inquiétude dans la voix.

— T'en fais pas, j'efface absolument toutes les traces après. D'ailleurs, je t'appelle pour t'expliquer un truc.

— Oui ?

— J'ai imaginé une technique pour qu'on puisse se voir.

Un nœud commença à se former dans mon estomac.

— Il me semble que t'as un iPhone, c'est ça ?

— Ouais.

— Alors, je peux te partager ma position quand je veux.

Je ne voyais pas bien où elle voulait en venir et, mon silence traduisant ma perplexité, Léo continua :

— Je retrouve souvent des potes dans un bar du 1er, ma mère connaît l'endroit et elle me laisse y aller sans problème. À chaque fois que j'irai et que ce sera possible de se voir, je partagerai l'endroit où je suis via l'application de géolocalisation de l'iPhone et toi, tu recevras une notification. Ce sera notre moyen de communiquer. Comme ça, pas d'appels, pas de SMS, pas de traces.

Je me demandai soudain si elle aurait pu faire une bonne voleuse, mais j'expulsai immédiatement cette pensée hors de mon esprit en secouant la tête.

— Je vois, répondis-je. C'est pas mal, mais je t'avoue que si je me fais pincer avec toi comme la dernière fois, on ne pourra se voir qu'à un parloir pendant les cinq prochaines années.

Elle marqua une pause. Ce qui n'était jamais de très bon augure avec cette gamine.

— Fais comme tu veux, dit-elle un peu sèchement.

Nouvelle pause.

— OK, intervins-je pour briser le silence.

— Allez, ma mère débarque, je dois raccrocher. Bises.

Je restai en plan, le regard dans le vide, les râles du périphérique comme trame de fond. Mon seul réconfort : la perspective de quelques minutes de conduite avec Neil Young à fond dans les cages à miel.

J'eus l'impression de tourner des heures autour de l'hôtel pour trouver une place où garer mon engin. La presqu'île de Lyon était de plus en plus hermétique aux voitures et à moins de posséder une place de parking, avoir une caisse en plein centre était devenu un véritable enfer. À mon époque, celle où j'étais encore en liberté – et pas conditionnelle celle-là –, on pouvait se garer tout le long des quais du Rhône. Désormais, la voie privilégiait les trottinettes, les vélos et les *joggers* du dimanche. C'est bien, c'est propre, c'est vert, ça donne bonne conscience et ça fait joli pour les électeurs, mais la vérité est que la France envoie ses poubelles par containers entiers dans les pays du tiers monde. Ça s'appelle mettre la poussière sous le tapis. J'estime donc qu'il ne faut pas venir me chercher des poux sur le sommet du crâne à cause de ma BMW qui pollue autant qu'un car de touristes allemands plein à craquer.

À la réception, je saluai Ibrah qui était occupé avec des clients surchargés de bagages, me dirigeai vers une pièce attenante où quatre postes de travail munis de PC étaient tous reliés à une grosse imprimante, et m'installai devant un écran.

Pendant près d'une heure, je fouillai la toile à la recherche d'informations sur les droits du père et les tests de paternité. En France, tout ce qui touche à l'ADN et aux tests de ce genre est totalement interdit. Pas étonnant. Il faut l'aval d'un juge pour demander un test et franchement, les juges, j'en ai déjà assez vu pour le restant de ma pauvre vie. C'est comme les flics et les avocats, ça me file de l'urticaire. En Suisse – patrie salvatrice qui a su garder au chaud l'oseille de mon dernier casse –, la chose est en revanche légale. Chère, mais légale.

Soudain, mon téléphone vibra. Un message de Gaston qui me donnait rendez-vous le soir même chez lui à 20 h.

Je décidai d'imprimer le fruit de mes

recherches et de m'enfermer dans ma turne pour les lire à tête reposée. Dans un bruit robotique, l'imposante machine au fond de la pièce me livra un paquet de feuilles épais comme un tas de talbins de mille euros en coupures de dix.

19

G aston n'avait finalement pas eu le temps de me recevoir chez lui et m'avait donné rendez-vous dans un restaurant chic du 2ᵉ arrondissement. Depuis que j'étais franc-mac, j'étais décidément abonné aux mondanités. J'avais laissé derrière moi la paperasse concernant les démarches pour mettre à l'épreuve mon statut de daron et la migraine qui allait avec. Le lieu de notre rendez-vous n'étant pas très loin de mon hôtel, je décidai de m'y rendre à pied.

La ville calmait peu à peu ses ardeurs à mesure que le jour déclinait, et un vent chaud caressait mon crâne lisse. À chaque fois que je levais le nez, je découvrais de nouveaux trésors d'architecture parmi les immeubles et les bâtiments d'une cité que je connaissais pourtant comme ma poche. J'empruntai une passerelle au-dessus de la Saône et les bourrasques du foehn[1] se firent plus

intenses et sifflèrent en s'engouffrant dans la struc-
ture métallique.

À mi-chemin, mon portable trembla et je m'arrêtai pour vérifier le message. Il s'agissait en fait
d'une notification provenant de l'application dont
m'avait parlé Léo. Une carte de Lyon s'afficha et
zooma automatiquement sur l'endroit où elle se
trouvait. Un point bleu clignotant m'indiqua
qu'elle venait d'arriver dans le bar qu'elle avait
mentionné. Effectivement, il était à deux pas d'où
je créchais.

Je marquai une pause et soupirai alors qu'une
sensation de gêne s'emparait de mes entrailles.
Fallait-il que je pose un lapin à Gaston pour aller
rejoindre ma fille et risquer de finir la soirée en
GAV ? Je restai bloqué sur les pavés d'une rue
piétonne, les passants me frôlant comme s'ils
évoluaient dans un monde au ralenti. Ça aurait
fait une belle scène de film, mais c'était con, je
n'avais pas pris ma caméra.

De son côté, Gaston avait eu l'air inquiet et
avait insisté pour me voir. Il avait selon lui des
révélations à me faire et c'était *du lourd*. Je mordis
l'intérieur de ma joue et envoyai un SMS à Léo
pour lui dire que j'allais tout faire pour expédier
mon dîner et la rejoindre s'il n'était pas trop tard.
Un mensonge ? Est-ce que je pourrais vraiment
honorer cette promesse ? Elle me répondit par une
salve de visages jaunes et ronds dont je compris à
peine la signification. L'un d'eux souriait, ça devait
être bon signe. Si je ne me pointais finalement pas

au rendez-vous comme promis, sa déception en serait d'autant plus grande. L'idée me serra les entrailles. Venais-je de lui servir un mensonge ? Mentir, c'est un truc de père, non ?

L'endroit était guindé et quand j'entrai, un Nestor de base proposa de me soulager de ma veste. Dans un resto pareil, c'était plutôt mon larfeuille qui allait être soulagé, me dis-je. Remarquez, j'étais devenu le *frère* de Gaston, le bougre allait peut-être m'inviter.

Lorsque j'approchai de la table où il était déjà assis, sa mine grave avait tout sauf des allures d'invitation à dîner. Il se leva et, par réflexe, me salua en utilisant le signe de reconnaissance de sa confrérie secrète. Son visage était livide et il paraissait encore plus petit que d'habitude, comme si son corps s'écroulait sur lui-même sous le poids des révélations qu'il avait à me faire.

Nestor numéro deux tira ma chaise et je m'installai en face de mon ancien collègue tandis qu'on me servait un verre de Château La Pompe.

— T'en fais une tête ! lançai-je, tel un éléphant entrant dans un magasin de porcelaine.

Il attendit que le serveur s'éclipse et parla à demi-mot comme s'il allait me révéler les codes de l'arme nucléaire :

— Je crois que j'ai une piste...

— Je t'écoute, répondis-je en portant le verre à mes lèvres.

— Tu m'as bien dit que la police avait retrouvé des enregistrements des séances de psy de Janis ?

— Pas exactement... Mon contact m'a juste dit qu'il avait une clef USB cachée dans sa chaussure et que le bidule était à moitié cassé. Et dans le bidule, il y avait des fichiers avec des numéros de séance. Vu que Janis était psy, les flics ont supposé qu'il enregistrait ses consultations.

Gaston se redressa et plissa les yeux.

— Bon, que ça s'avère être ça ou pas, il faut que tu saches un truc...

L'air soudain paniqué, il regarda à gauche puis à droite à plusieurs reprises de façon frénétique.

— Gabriel Laffont... reprit-il avant de stopper net son discours.

— Quoi ? Le candidat à la présidentielle ? fis-je en fronçant les sourcils. Qu'est-ce qu'il a à voir dans cette histoire ?

— Il a fait partie de notre loge... dit-il enfin dans un murmure.

Je ne voyais pas du tout où il voulait en venir, mais je dois avouer que, sur le moment, j'ai été surpris, voire intrigué. Gabriel Laffont était la figure montante du renouveau politique, le candidat du changement, jeune, beau et dynamique, il se retrouvait, à l'aube du second tour de ces élections anticipées, face à la candidate du Rassemblement national. Et si la France ne voulait pas virer sa cuti et sombrer dans les abîmes de l'infamie, sa victoire était d'ores et déjà assurée. Le passage aux urnes allait balayer le fascisme d'un revers de bulletin de vote et la France reprendrait son destin en main. À moins que...

Pendu aux lèvres de Gaston, mes pupilles se dilatèrent et mes esgourdes se firent tout attentives.

— C'était il y a quelques années, mais quand il s'est lancé en politique, il a quitté la franc-maçonnerie.

— Avec les relents de complotisme qu'il y a aujourd'hui, ça peut se comprendre, fis-je.

— Toujours est-il que je n'y avais pas pensé au tout début, mais avec cette histoire de séances de psy... j'ai repensé à Laffont. Janis Amsalem était son psy.

— Tu crois que le tueur savait qu'il enregistrait ses consultations ?

— J'en sais rien, répondit-il en prenant sa tête dans ses mains. Pourquoi avait-il une clef USB dans sa chaussure ? Ça n'a pas de sens !

— On lui aura donné rencard dans une ruelle sombre en vue de remettre les fichiers audio et ça a mal tourné, un truc dans le genre, tentai-je.

— C'est exactement ce à quoi j'ai pensé. Et qui pouvait apparaître dans ces enregistrements ?

— Gabriel Laffont ! Notre futur président.

— Futur président, rien n'est joué, malheureusement, répondit Gaston.

— Effectivement, surtout si quelqu'un cherche à rendre public le contenu de séances chez le psy...

Nestor numéro deux s'approcha de notre table pour prendre notre commande. J'étais tellement absorbé par tout ce que cette affaire pouvait impliquer que je copiai Gaston dans ses choix culinaires en tous points. J'espérai alors qu'il n'avait pas pris de rognons ou autres abats dont la seule évocation me répugnait.

— La question que je me pose, relançai-je plus pour moi-même que pour mon interlocuteur, est : pourquoi toute cette mise en scène ? Admettons que le tueur prépare un chantage ou prévoie de faire des révélations pour mettre à mal la crédibilité du candidat Laffont... Pourquoi toute cette mascarade ?

— Pour faire les gros titres, pour attirer l'attention.

Gaston avait raison, mais il y avait un problème avec ce raisonnement : Van Deren gardait l'affaire totalement secrète. Pas l'ombre d'une dépêche n'avait réussi à se frayer un chemin au-delà du sceau hermétique qu'elle avait mis en place. Et surtout, quel était le rapport entre Gabriel Laffont et la première victime ? Je voyais mal un petit prof de ZUP détenir des ragots sulfureux sur un homme politique du rang du futur président de la République française. Mais après tout, s'ils avaient fait partie de la même loge, et qu'ils avaient été *frères*, il y avait peut-être quelque chose à gratter sous le crépi.

— Il était comment, Laffont, dans vos réunions de francs-macs ?

— Souvent absent, plutôt affairiste que philanthrope. Il savait être là au bon moment, quand ceux des hauts grades faisaient des apparitions, quand on votait pour le nouveau collège des officiers, ce genre de choses.

— Ouais, le bon élève un peu fourbe, quoi. Fidèle à l'image qu'il donne dans les médias.

— On pourrait dire ça comme ça, oui.

— Et pour ce qui est de ta théorie, elle marche comment avec Amar Madani ?

L'évocation du nom fit passer une ombre triste sur le visage de Gaston. Il déglutit plusieurs fois comme pour ravaler un sanglot et répondit :

— Tu sais, le véritable secret de la franc-maçonnerie, c'est ce qui se dit en loge. On crée un espace sacré et bienveillant où la parole circule et où chaque frère peut se sentir libre de s'exprimer sans risque ni peur d'être jugé. C'est une situation unique qui n'a aujourd'hui pas de prix ni d'égal dans le monde profane. Il est possible que Laffont se soit livré à Amar au sujet de choses très intimes. Après la tenue, il y a les agapes où on mange et on parle, mais les frères se voient énormément en dehors de la franc-maçonnerie, il existe une vraie camaraderie entre nous, qui transcende les classes sociales et les générations.

— Tu penses que Gabriel Laffont aurait pu avouer des infos compromettantes à Amar et que c'est pour ça qu'il a été tué ?

Soudain, plusieurs articles de journaux me revinrent à l'esprit. Pendant mes six mois de semi-captivité, mon seul loisir – en dehors de me laisser pousser la barbe – avait été de me fader les quotidiens nationaux en long en large et en travers. Je crois que les derniers mois, j'ai même lu jusqu'aux pubs et aux astérisques sur les offres alléchantes de prêts à la consommation. Alors que toutes les unes des canards historiques étaient dithyrambiques à propos de celui qui était devenu le nouveau candidat à la présidence de la République, d'autres articles, de fond, provenant de titres de la presse indépendante faisaient mention du goût du secret de Gabriel Laffont et de sa propension à utiliser tous les moyens à sa disposition pour rendre son histoire et son passé le plus lisse possible. Des membres de cabinet peu discrets avaient été vivement « secoués » à la suite de certaines fuites d'informations sur les réseaux sociaux et plusieurs affaires plus ou moins louches avaient été étouffées. J'en gardais une tout particulièrement en tête où un ancien attaché parlementaire avait été retrouvé asphyxié dans sa propre berline au bord d'une nationale à des dizaines de kilomètres de chez lui. Certaines mauvaises langues des milieux feutrés avaient dit que le type en question connaissait trop de choses sur le candidat et très vite, des ragots tous plus énormes les uns que les autres avaient très vite fait de salir la réputation du défunt et plus personne n'avait jamais entendu parler de cette histoire.

Mais si Laffont préférait étouffer le jambon plutôt que de céder à des discours grand-guignolesques, pourquoi, cette fois-ci, une mise en scène macabre avait-elle été mise en place dans le seul but d'attirer l'attention des médias ?

Soudain, une ampoule éclaira l'intérieur de ma caboche.

— Tu peux me dire quoi au sujet du blondinet qui a fait un discours le soir où j'ai assisté à une de vos tenues ?

— Philippe de Faucigny ? demanda Gaston, interloqué.

— Celui-là même. Il a pas mal jaqueté et j'ai senti dans ses propos une vieille odeur des années trente, si tu vois ce que je veux dire. Je peux renifler le nazillon à des kilomètres.

Oudin parut gêné. Il secoua la tête et répondit :

— Disons que si ça ne tenait qu'à moi, il aurait déjà été écarté de la loge. C'est un gars assez secret qui sait bien cacher son jeu, mais c'est vrai que parfois, il nous soutient des thèses un peu douteuses. Mais tu as vu comment ça se passe, chez nous. On laisse parler les gens, on écoute ce qu'ils ont à dire et s'il y a matière à leur faire entendre raison, on débat. Et en général, ça se passe très bien.

— Les types comme lui, j'ai une autre méthode pour leur faire entendre raison...

— C'est vrai que depuis quelques années, depuis qu'il a repris la gérance d'une brasserie du vieux Lyon, on sent qu'il s'est tendu dans ses propos.

— C'est quoi, cette brasserie ?

— Le Cardinal, je crois.

Le Cardinal ? Mazette ! Dans mon adolescence, c'était le repaire des fachos de tous horizons, des cols blancs à midi pour leur fameuse blanquette « bien blanche » de veau et le soir, celui des skins qui se terminaient à la blonde pression, de marque autrichienne de préférence. Je ne comprenais pas comment les frères si éclairés de la loge de Gaston n'étaient pas au courant de ce fait. Une nouvelle piste venait de s'ouvrir juste devant mes yeux. Il y avait fort à parier que le gusse Philippe de Faucigny irait voter contre le Gabriel Laffont au soir du second tour des présidentielles et que son camp profiterait bien d'un petit scandale sur ledit candidat. Dans ma tête, j'élaborai un plan que je décidai de garder secret et changeai de sujet de conversation.

Durant tout le repas – qui s'avéra sans abats et succulent –, Gaston et moi confrontâmes nos points de vue et nos idées. Malgré la confusion qui régnait toujours, l'évidence pointait désormais son nez de derrière les fourrés : il y avait toutes les chances pour que le meurtrier fasse partie des frères de la loge. Je gardai cette information en tête et n'exclus pas non plus Gaston de l'équation. Certes, il aurait été très étrange pour le tueur de m'accepter dans sa confrérie secrète et de faire, en quelque sorte, entrer le loup dans la bergerie et de risquer de se faire pincer comme un bleu. Il savait que je travaillais comme indic auprès de la DIPJ et ça me paraissait peu probable qu'il ait commis une telle erreur, mais il ne fallait jurer de rien. La preuve, mon plus grand allié de l'époque, Tony Perez, celui avec qui j'avais fait les quatre cents coups, m'avait planté un couteau dans le dos.

Nous arrosâmes la fin de notre repas avec un petit café arrangé et par arrangé, il faut comprendre que d'après ce que j'ai bu, le mot café n'était qu'un leurre.

Sur la table, mon téléphone portable avait émis plusieurs courtes vibrations pendant notre gueuleton et j'avais vu le nom de Léo s'afficher sur l'écran de veille à chaque occasion. Et à chaque fois, mon estomac s'était serré de plus belle. L'heure avançait et j'étais à peu près certain de ne pas pouvoir la rejoindre, ne serait-ce que pour lui voler une bise avant qu'elle ne rentre chez sa daronne.

Soudain, mon smartphone gueula une mélodie agressive qui fit se retourner quelques clients. J'étais persuadé qu'il était en mode silencieux, mais je me figurai que je l'avais justement désactivé en pensant faire le contraire. J'ai passé quinze ans en cabane sans ces engins-là, vous m'excuserez. J'étais sur le point de mettre fin au tintamarre quand je vis le nom de Van Deren s'afficher. Je jetai un coup d'œil à Gaston, qui opina du chef, m'indiquant que je pouvais décrocher. En même temps, il lui aurait été difficile de me refuser cette impolitesse, il avait tout de même passé la moitié du temps à trifouiller son téléphone alors qu'on était en pleine conversation ; on aurait dit ma fille !

— *Brigante ?* demanda la commandante d'une voix affolée.

— C'est toujours lui, répondis-je pour détendre l'atmosphère.

— *T'es où ?*

— Au restaurant.

— *On vient de nous appeler sur une nouvelle scène de crime. À première vue, ce serait un de tes nouveaux potes, je te fais pas un dessin ?*

Les poils à l'arrière de mon cou se hérissèrent et tout mon corps se contracta. Gaston parut sentir ma détresse, car il sembla se crisper lui aussi.

— *Va falloir qu'on se voie et rapidement ! Un troisième cadavre sur les bras en moins de vingt-quatre heures, c'est ma carrière qui est en jeu. Surtout avec toi comme indic... Ça n'a manifestement servi à rien...* souffla-t-elle.

Vexé, je haussai légèrement le ton, mais pas assez pour attirer l'attention des culs pincés aux tables alentour :

— Je suis là en observateur ! Jamais il n'a été question que je fasse votre job, vous délirez, Van Deren.

— *Alors il va falloir observer mieux que ça ! Et tu vas me faire un topo sur ton ancien pote, Gaston Oudin, je n'oublie pas que vous avez élevé les cochons ensemble. Quand tu le verras, tu pourras d'ailleurs lui demander ce qu'il foutait ce soir entre 20 h et maintenant, ça m'avancera le boulot, merci.*

— Il est en face de moi. Il a passé toute la soirée avec moi, on a dîné ensemble.

Un silence, des grésillements sur la ligne. La réponse n'était visiblement pas celle qu'elle attendait.

— *Rendez-vous demain matin, 8 h. Et pas de manières, cette fois-ci, on se verra à la DIPJ.*

Elle raccrocha.

20

Après que j'eus annoncé la nouvelle à Gaston, il s'effondra et je lui proposai de le raccompagner à sa voiture. Je n'avais aucun détail à lui livrer sur le meurtre et je me sentais con de lui avoir en quelque sorte refilé la patate chaude. Je n'avais même pas le nom de la victime et j'imaginais qu'il allait gamberger toute la nuit, la peur au ventre de découvrir l'identité du frère disparu.

Durant tout le trajet, il resta silencieux et livide. Je l'aidai à s'installer dans sa bagnole et il murmura quelques mots de remerciement. J'avais de la peine pour ce pauvre bougre, le ciel lui tombait littéralement sur la tête et si un tueur en voulait aux frères de sa loge, il devait forcément sentir l'étau se resserrer sur lui.

Après l'avoir salué, je rebroussai chemin jusqu'à m'enfoncer dans les ruelles séculaires du vieux Lyon. Au croisement de deux allées pavées, la brasserie le Cardinal faisait l'angle sur deux niveaux, au pied d'un joli immeuble à la façade ocre.

En raison de l'heure tardive, les tables se vidaient petit à petit et je pus apercevoir derrière le comptoir notre ami, que dis-je, mon frère Philippe de Faucigny qui s'attelait au comptage de la caisse. Je me postai dans un rade en face pour épier ses faits et gestes.

Sur les coups de 1 h du matin, serveuses et serveurs prirent congé et se dispersèrent dans les rues adjacentes. Derrière la grande baie vitrée, seuls le taulier et deux types bien bâtis restèrent à l'intérieur de l'établissement pour boire un dernier verre et sûrement discuter du service du lendemain.

Soudain, Philippe se leva, fut imité par les deux autres et les lumières s'éteignirent. Je vidai mon verre d'une traite et laissai un bifton qui couvrait largement l'addition sur ma table, avant de me faufiler vers la sortie pour suivre les trois comparses à la trace.

Au bout de quelques dizaines de mètres, le plus petit d'entre eux s'adonna à un serrage de paluche en bonne et due forme puis enfourcha un scooter garé non loin de là pour disparaître dans la nuit.

Je me figurai que le gonze qui marchait à côté du frère de Faucigny devait être le cuistot. Il avait des mains et des bras à vous déchirer un bottin au petit dej et le teint rougeâtre de ceux qui mangent trop de viande rouge. Il clopait également comme un pompier et avait dû griller trois bonnes tiges à cancer pendant le trajet.

Plus loin, ils bifurquèrent sur la droite, s'engouffrèrent dans une traboule et disparurent de mon collimateur. J'accélérai le pas pour leur coller aux basques, mais restai prudent. À l'intérieur de la traboule, un long hall d'immeuble donnait sur une jolie cour intérieure dont une tour d'aspect moyenâgeux s'érigeait vers le ciel tel un phallus marquant la compétition entre seigneurs de la capitale des Gaules. L'obscurité était presque totale, seuls les rayons lunaires au-dessus des toits éclairaient avec parcimonie la scène qui se jouait devant moi.

Je m'accroupis derrière une poubelle et tendis une esgourde dans l'espoir de choper une bribe de conversation. Ça parlait de chiffres, de commandes à effectuer et des erreurs du petit personnel.

Au bout de quelques minutes, la conversation vira politique.

— On prévoit quoi, la veille des élections ? demanda le type que je prenais pour le cuisinier.

— On balance tout ce qu'on a, ce sera la dernière ligne droite. Jimmy et Xavier préparent les tracts et les équipes.

— T'en penses quoi, toi ? On a des chances cette fois-ci ?

— Plus que jamais ! Il faut tenter le tout pour le tout !

Soudain, mon téléphone portable sonna.

Jamais la mélodie de ce satané engin de malheur ne m'avait paru aussi forte. Je n'avais toujours pas passé ce bidule en mode silencieux depuis l'appel de Van Deren au resto. Moi et la technologie... Les notes électroniques résonnèrent dans la cour intérieure et les deux hommes stoppèrent net leur discussion pour jeter des regards dans ma direction. Alors que j'essayais désespérément de faire taire la cacophonie, j'entendis des pas lourds qui se rapprochaient.

— On peut vous aider ? demanda le Bocuse du pauvre.

Alors qu'il me surplombait de toute sa hauteur, je me rendis compte que le type était encore plus baraqué que je ne l'avais imaginé. Je réussis enfin à faire taire la sonnerie et me relevai. Honnêtement, niveau carrure, je me défends pas mal. Je porte bien mon mètre quatre-vingt-cinq et ma balance affiche quatre-vingts kilos de viande maigre. Mais à côté de ce molosse aux joues rosées de celui qui tète un peu trop, j'avais vraiment l'air d'un freluquet.

Quand Philippe de Nazillon fit quelques pas pour nous rejoindre, la situation vira chocolat.

— Putain, mais t'es le pote de Gaston ! Qu'est-ce que tu fous ici ?

Son ton était tout sauf fraternel et dans ses yeux, des flammes semblaient danser.

— Tu le connais, patron ? demanda le golgoth.

Le blond fit un pas en avant, me chopa par le colback et me plaqua contre le mur.

— Je t'ai posé une question, ducon ! me souffla-t-il, son haleine avinée glissant sur mon visage.

— Je passais par la traboule... et j'ai fait tomber mon téléphone derrière la poubelle, tentai-je.

— Mais bien sûr. Tu crois que je t'ai pas vu arriver, avec tes grands sabots, la dernière fois ?

Il me compressa de plus belle contre la pierre froide.

— T'es qui ? Pourquoi tu me suis ? Qui t'envoie, bordel ? cracha-t-il de nouveau.

— Je te jure, j'habite dans le quartier, je rentre chez moi, je...

Une claque vola sur ma tempe droite et je crus sur l'instant que Micheline Dax venait me siffler une sonate dans l'oreille. Le grand machin venait de me gifler. Je pressentais qu'il préparait déjà la petite sœur et qu'elle allait être beaucoup plus violente. Je secouai la tête pour reprendre mes esprits, mais le nazillon accentuait la pression sur ma trachée.

— Tu débarques dans ma loge comme un cheveu sur la soupe et tu me sors un bobard plus gros que toi pour justifier ton déménagement soudain à Lyon. Me prends pas pour un con et dis-moi qui t'es vraiment ? Un journaleux ?

Comment avait-il grillé ma couverture ? Je me demandai soudain si Gaston ne m'avait pas balancé, mais c'était impossible, car, ce faisant, il se grillait lui-même aussi.

— Je te jure, j'ai...

— Et Armand Zimmerman ? De ta soi-disant loge Pierre Brossolette, ça te dit quelque chose ?

De quoi est-ce qu'il me parlait, le blondinet ?

— Il est mort y'a dix ans, pauvre con ! Et toi, tu me sors que tu l'as croisé vite fait ?! T'es qui, putain ?

Ses yeux étaient injectés de sang, les muscles de sa mâchoire étaient tendus à leur maximum et il avait levé le poing au-dessus de mon visage.

Je jetai un regard furtif à l'armoire à glace et, comme il jetait sans cesse des coups d'œil en arrière pour surveiller les alentours, j'attendis le moment propice pour asséner un coup de genou façon « mec qui a passé quatorze ans en taule » dans les valseuses de mon agresseur.

De Faucigny hurla et s'écroula sur les pavés, recroquevillé comme une crevette qui va finir en salade accompagnée d'une sauce cocktail.

La plainte de son patron alerta le gifleur et j'encaissai un crochet du droit en plein dans le buffet. Respiration coupée et bide en vrac, la force du coup m'envoya balader un bon mètre plus loin. Le cuistot s'élança sur moi et il n'avait clairement pas l'intention de me faire goûter un bon petit plat. Plutôt un dessert du genre tarte à la phalange.

En baston, je suis vicelard comme pas deux. C'est la prison qui m'a appris ça. Moins tu peux te servir de tes membres, mieux c'est. Alors que le Ducasse couperosé fondait sur mézigue, je soulevai le couvercle de la poubelle et le fis claquer sur sa face le plus fort possible. Une gerbe de sang explosa hors de son tarin fendu en deux et il colla ses deux énormes paluches sur son visage pour contenir le flux incessant d'hémoglobine.

Profitant de la cohue, j'empoignai fermement les poignées de la poubelle et fonçai sur lui en m'en servant comme d'un bélier. Il ne vit rien arriver et fut propulsé contre le sol, chutant à côté de son collègue tombé dans le coaltar depuis que ses bijoux de famille en avaient pris pour leur grade.

Alors que mon téléphone portable sonnait de nouveau au milieu de la cacophonie de cris de douleur, je pliai les gaules et me tirai vite fait bien fait de ce panier de crabes.

Le souffle court et toujours en petite foulée en direction de mon hôtel, je vérifiai néanmoins mon mobile et m'aperçus que j'avais manqué plusieurs appels d'un numéro que je ne connaissais pas.

Estimant que j'étais assez loin du lieu de la bagarre pour être tranquille, je ralentis et écoutai mon répondeur.

— *Romeo*, dit la voix d'Ibrahima, *il y a là une gamine qui dit être ta fille et qui vient déjà de vomir sur la moquette de la réception. Tu ferais mieux de rappliquer vite fait avant que je doive te facturer le nettoyage !*

21

La tête dans la cuvette des W.C., Léo tentait d'éliminer tout ce qu'elle avait ingurgité pendant la soirée. Après une accalmie pendant laquelle un long silence s'installa, les spasmes reprirent de plus belle et elle se pencha de nouveau. En bonne copine, je lui maintenais les cheveux au-dessus de la tête et lui fournissais régulièrement du papier toilette pour qu'elle essuie sa bouche et ses larmes.

Je ne voulais pas la brusquer, mais l'heure était grave. Les flics pouvaient débarquer d'une minute à l'autre et me mettre au trou jusqu'à nouvel ordre. Plus personne ne pourrait rien pour moi, même pas Van Deren. Quand j'estimai que son foie avait dit son dernier mot, je mouillai une petite serviette et la lui passai sur le front avant de parler :

— Qu'est-ce que t'as foutu, Léo ?

— T'es pas venu ! grogna-t-elle.

— Je pouvais pas... murmurai-je.

Elle m'asséna une tape molle sur l'épaule.

— Pourquoi t'es pas venu ? Tu veux pas de moi, c'est ça, hein ?

Je serrai les dents.

— Ça n'a rien à voir avec ça, Léo. J'avais vraiment envie de te voir, mais en ce moment, c'est très compliqué. Et t'avoueras que ta mère ne nous a pas facilité la tâche !

— Tu t'en fous, de moi ! dit-elle, les yeux fermés, avant d'être prise d'un haut-le-cœur.

Elle pencha de nouveau le visage au-dessus de la porcelaine, attendit quelques secondes puis se rassit par terre, le dos contre le mur en carrelage.

Je la laissai reprendre du poil de la bête et lui dit :

— Il est tard, si ta mère s'inquiète, on est dans la merde.

— Elle pense que je dors chez une copine... Pas de souci.

Je fus un peu soulagé et la tension dans ma poitrine s'apaisa.

Les yeux mi-clos, Léo se leva et tituba jusqu'à la chambre en se tenant aux murs de la salle de bains pour trouver son chemin. Je lui emboîtai le pas, prêt à bondir au moindre signe de chute. Elle s'effondra dans mon lit et, par précaution, je rapprochai la corbeille à papier du sommier.

Léo marmonna quelques bribes incompréhensibles et plongea dans un sommeil profond. Je la bordai et la regardai dormir quelques minutes avant de m'installer sur le petit fauteuil au fond de la pièce pour la nuit. Confort, quand tu nous tiens.

Vers 7 h 30 du matin, je m'éclipsai de ma chambre d'hôtel. Léo dormait toujours et ni la douche que j'avais prise ni mon remue-ménage pour me préparer ne l'avaient fait broncher. Si je n'avais pas vu la couverture se soulever à plusieurs reprises dans un rythme lent, j'aurais pu penser qu'elle était morte. Heureusement pour mes finances, elle n'avait pas dégobillé dans la poubelle ou sur la moquette. En revanche, toute la pièce sentait l'alcool et la transpiration, on aurait dit l'arrière-salle d'une vieille boîte de nuit. Une discothèque des plus ringardes, d'ailleurs, si on considérait les portraits de Marilyn et Einstein accrochés au mur.

Je roulai dans les rues de Lyon la boule au ventre. Je n'étais pas du tout serein quant à l'idée de laisser ma fille toute seule à mon hôtel, même si sa mère la pensait chez une copine. Je lui avais laissé un mot manuscrit au bord du lit, sur le sol, et lui avais demandé de m'envoyer un message dès qu'elle serait chez elle. J'avais peur qu'avec sa gueule de bois, elle ne fasse le tour de l'horloge et se réveille en plein après-midi alors que la moitié des flics de la ville serait à mes trousses et me rechercherait pour kidnapping. Ils n'auraient pas de mal à me trouver, j'allais me retrouver dans l'œil du cyclone, dans l'antre du dragon, la porte des enfers : la DIPJ.

Je garai la BM sur le parking et, en m'extirpant de l'habitacle, je vis la chevelure rousse de Van Deren voler au vent alors qu'elle sortait du bâtiment en hâte. Elle avait l'air nerveuse et son visage portait les stigmates d'une courte nuit.

— Brigante ! me héla-t-elle en levant le bras. Remonte dans ta voiture, on va faire une course !

Perplexe, je m'exécutai et m'installai de nouveau au volant. Je me penchai pour déverrouiller la porte passager et la commandante s'engouffra à l'intérieur telle une furie. Mon estomac se serra, elle avait la tronche qu'elle tirait quand elle m'annonçait de mauvaises nouvelles.

— On va passer chez moi, dit-elle en bouclant sa ceinture. Y'a trop de monde ici, pas mal de mes supérieurs, je sais pas ce qu'ils foutent là, mais j'ai pas envie qu'on te reconnaisse et qu'on me pose des questions.

— OK, répondis-je sans vraiment comprendre.

— De toute façon, j'ai oublié tout le dossier de notre affaire sur la table du salon ce matin. La tête dans le cul.

Alors que je manœuvrais pour sortir du parking, elle tourna le regard dans ma direction :

— Je suis pas la seule à avoir une gueule de déterrée à ce que je vois !

Merci du compliment.

— La nuit a été courte, murmurai-je sur un ton neutre.

— Je veux pas le savoir, Brigante, tes histoires

de cul, ça m'intéresse pas ! Vas-y, tourne à droite, là, je vais t'indiquer la route.

À peine une dizaine de minutes plus tard, nous nous retrouvâmes au pied d'un immeuble du 7ᵉ arrondissement. Je coupai le moteur et Van Deren sortit. Après quelques secondes, alors que je l'attendais bien sagement derrière le volant, elle rouvrit la portière et glissa sa tête dans l'habitacle.

— Qu'est-ce que tu fous ? Tu rappliques ?

Quoi ? J'allais me retrouver *chez* la commandante ? Je n'étais tout à coup pas très à l'aise avec l'idée. Déjà, je n'étais pas très à l'aise avec le fait de faire l'indic pour madame, et encore on pouvait dire que par certains égards, je me prenais au jeu, mais là, on franchissait la ligne rouge.

— On va chez vous ? demandai-je comme pour être certain de ne pas avoir rêvé.

— T'inquiète, j'ai du bon café.

Elle claqua la portière.

Lorsqu'elle ouvrit sa porte d'entrée, un chat grassouillet vint nous accueillir à coups de miaulements et je le gratifiai d'une caresse. Van Deren m'indiqua le salon au milieu duquel une grande table ronde au plateau en verre croulait sous la paperasse. On se serait cru chez une avocate.

— Café ? lança-t-elle en se dirigeant vers la cuisine.

J'acquiesçai d'un hochement de tête. Je vérifiai furtivement mon téléphone pour savoir si Léo avait daigné me donner de ses nouvelles. Toujours rien. Est-ce que je devais parler de la situation à Van Deren ?

— Reste pas planté là, tonna-t-elle en me tendant une tasse fumante, assieds-toi.

Je tirai une chaise et m'exécutai.

— Je t'écoute, Brigante, lança-t-elle avant de boire une gorgée.

— Je ne sais pas par où commencer... fis-je en grattant mon crâne luisant. Oudin m'a parlé d'un truc qui pourrait vous intéresser. Gabriel Laffont a fait partie de sa loge il y a quelques années.

— Laffont ? Le candidat à la présidentielle ? fit-elle, les yeux écarquillés.

— Lui-même. Et il y a mieux... Il consultait auprès de..., hésitai-je, la deuxième victime.

— Janis Amsalem, intervint Van Deren.

— Je ne sais pas si vos techniciens ont pu écouter les fichiers audio, mais Gaston s'est dit que si Janis enregistrait ses séances, il se pourrait que celles de Gabriel Laffont soient dans le lot.

Van Deren semblait ingurgiter mes informations pour les traiter ensuite dans son cerveau de flic. Elle se saisit d'un stylo qui traînait devant elle et le mâchonna.

— Attends ! fit-elle comme si j'avais l'intention de m'enfuir.

Les yeux exorbités et un rictus étrange au coin des lèvres, elle déplaça plusieurs tas de feuilles et commença à fouiller frénétiquement les papelards éparpillés devant elle.

Au bout de quelques secondes, elle glissa la copie d'un rapport jusque sous mes yeux.

— Regarde ça, me dit-elle comme si j'étais un flic participant à l'enquête. Dans les brouillons d'e-mails de la première victime, on a trouvé ça.

Elle pointa un index sur le document.

— Le texte est vide, l'objet aussi, mais si tu fais attention aux adresses des destinataires, tu t'aperçois que ce sont tous des journalistes. Un chez Mediapart, un autre de Lanceuralerte.org et j'en passe et des meilleures.

— Je ne vois pas très bien où vous voulez en venir.

Et c'était vrai, je ne voyais pas du tout où elle voulait en venir.

— Est-ce qu'Amar et Janis étaient sur le point de faire des révélations gênantes sur Gabriel Laffont ? fit-elle, plus pour elle-même que pour moi.

Un phare dans la brume de mon ciboulot éclaira soudain la route. La piste se précisait. Le volet politique de l'affaire semblait prendre de plus en plus d'ampleur. Je repensais au cuistot et à son patron, le frontiste blondinet, défenseur de la race aryenne qui n'aurait pas craché sur un bon scandale autour de l'opposant à sa candidate d'extrême droite.

— Gaston m'a exposé cette théorie, ajoutai-je. Il dit que les mises en scène macabres sont là pour attirer les médias comme des mouches autour de l'affaire. Si le tueur cherche le scandale autour de Laffont, c'est plausible.

— Je crois qu'on tient un truc, souffla Van Deren, le stylo entre les dents comme une cigarette.

— Ça collerait avec la troisième victime ?

Elle sourit.

— Dis donc, Brigante, tu t'intéresses beaucoup à cette affaire !

— Je vous rappelle que je suis aux premières loges, en plein cœur du nid de vipères, pour peu qu'on sache, je pourrais être une victime collatérale de ce dingue.

— Que dit ton pote Oudin au sujet de cette légende franc-maçonne, d'ailleurs ? C'est peut-être là la clef... ou alors, c'est juste un moyen d'ajouter du folklore pour rendre l'affaire encore plus médiatique...

Un lourd silence emplit la pièce et je repris :

— D'après ce que j'ai compris à leurs histoires, Adoniram était un maître maçon dont les trois autres voulaient découvrir les mots secrets pour passer au grade supérieur. C'est l'histoire des trois mauvais compagnons : Méthousaël, Phanor et Amrou...

— Les trois noms gravés à la lame sur les torses des trois victimes, me coupa-t-elle.

— Ces trois larrons coincent Adoniram dans le temple de Salomon en se postant devant chacune des trois sorties possibles et chacun assène un coup sur le pauvre bougre qui meurt de ses blessures. Un à l'aide d'un maillet, l'autre avec le filin de l'équerre et...

— Le dernier avec un compas ! termina Van Deren. La troisième victime est morte de la pire des façons : la pointe d'un grand compas plantée dans le cœur, m'expliqua-t-elle.

— C'était qui ? demandai-je comme si je m'attendais à le connaître.

— Un dénommé Pascal Danglert, contrôleur des douanes à l'aéroport Saint-Exupéry.

Elle souleva quelques feuilles et me montra un portrait du gonze en question.

— Je l'ai aperçu de loin au repas après la tenue, fis-je en hochant la tête.

Comme si elle ne me calculait plus, Van Deren se concentra sur la fiche signalétique de Danglert, qu'elle relut deux fois, puis ouvrit le clapet d'un ordinateur portable au bout de la table.

— Je crois qu'on tient un truc ! lâcha-t-elle, le regard presque fou. C'est à vérifier plus en profondeur, mais j'ai effectivement vu passer le nom de Laffont dans son dossier. Il semble que Danglert et Laffont aient fréquenté les mêmes écoles depuis le lycée. Ils sont de la même année, ça collerait.

Elle se leva et disparut au fond de son appartement. Je l'entendis passer quelques coups de fil et donner des instructions sur un ton impatient et autoritaire. Quant à moi, je me retrouvais au beau milieu du salon de la commandante de la DIPJ, scène surréaliste et impossible à prédire quinze années en arrière alors que je pointais un flingue sur la tempe d'un guichetier pour qu'il m'ouvre le coffre à billets.

Le chat de Van Deren sauta sur la table et marcha nonchalamment sur tous les dossiers de l'enquête, faisant fi des problèmes des hommes. Il s'approcha de moi et m'asséna un doux coup de tête que je compris comme une envie de caresses. Tout en jetant un regard autour de la pièce, je plongeai ma main dans la fourrure duveteuse du félin et entendis aussitôt les premiers ronrons.

Le mobilier était sobre et hormis quelques photos de famille qui prenaient la poussière, les murs étaient vierges de décoration. On aurait dit ma planque principale quand j'étais encore en activité, un espace de vie où la vie, justement, ne se déroulait pas souvent, une sorte de coquille vide, là pour assouvir nos besoins primaires : dormir, manger, baiser. Les gens n'ont pas tort quand ils disent qu'à un certain moment, la vie des flics se confond avec celle des voyous.

Van Deren réapparut soudain dans l'encadrement de la porte et je m'extirpai de mes pensées.

— Je vais devoir filer, Brigante. Tu me ramènes au bureau ?

Une question rhétorique. Une question de flic.

Elle enfila sa veste, ouvrit la porte d'entrée et les oreilles du chat se dressèrent. Je lui emboîtai le pas en silence et lorsque j'arrivai à sa hauteur, elle m'offrit un sourire que je ne lui connaissais pas.

— Merci, Romeo, tu nous es d'une aide précieuse.

C'était la première fois qu'elle prononçait mon prénom et peut-être aussi qu'elle ne lâchait pas un juron dans la même phrase. J'enregistrai l'information et la rangeai dans le casier « à analyser plus tard » de mon cerveau.

Quand nous arrivâmes dans le hall de l'immeuble, nous longeâmes des boîtes aux lettres au-dessus desquelles un immense miroir couvrait tout le mur. Alors que la commandante s'éloignait vers la sortie, je m'arrêtai pour reluquer ma tête dans le reflet. Elle avait raison, j'avais une tronche de déterré.

Je me frictionnai le visage vigoureusement et restai figé devant mon image pendant quelques instants. Juste devant moi, une plaque noire à la gravure dorée signalait la boîte aux lettres de Sofia Van Deren. Juste au-dessous de son nom, un autre était inscrit : Jean-Christophe Mattioli. Mon sang se glaça et ma gorge devint sèche sur l'instant. Mon corps réagissait automatiquement au patronyme, mais mon cerveau n'était pas encore capable de déterrer l'info et de faire apparaître un visage.

Pourtant, j'en étais persuadé, je connaissais ce type et la raison pour laquelle son nom était inscrit sur la boîte aux lettres de la commandante pourrait expliquer bien des choses...

22

Après avoir joué les taxis pour Van Deren, je fonçai jusqu'à mon hôtel, le crâne partagé en deux entre Jean-Christophe Mattioli, cet inconnu pourtant si familier, et Léo qui n'avait toujours donné aucune nouvelle.

J'imaginais que j'allais retrouver ma fille dans l'état où je l'avais laissée : momifiée dans des draps puant l'alcool. J'avais tort. Complètement tort.

J'ouvris la porte de ma chambre et constatai qu'une bombe atomique de la taille de trois fois Hiroshima avait explosé au beau milieu de la pièce. Mon rythme cardiaque accéléra dangereusement quand je compris que les feuilles déchirées et chiffonnées qui jonchaient le sol étaient celles que j'avais pris soin d'imprimer pour potasser tranquillement le sujet des tests de paternité.

Au-dessus du bureau, une des feuilles avait servi de support pour un message au vitriol laissé par Léo. La missive avait été collée contre le mur à l'aide d'une boule de chewing-gum et manifestement disposée à hauteur de regard afin que je ne puisse pas la louper :

« Si tu ne veux pas de moi, aie au moins le courage de me le dire en face ! Hier, j'avais déjà des doutes, mais quand je vois que tu veux faire un test pour savoir si tu es vraiment mon père, tout se confirme ! Si tu ne me crois pas sur parole, c'est que maman avait raison. Tu n'es pas digne de m'avoir dans ta vie. Adieu. »

Une boule se forma dans ma gorge et je sentis monter des larmes pour la première fois en un siècle. Qu'est-ce qui clochait chez moi ? Pourquoi est-ce que je faisais toujours tout mal, que je faisais toujours le mauvais choix ? Comme si quatorze années passées derrière les barreaux n'avaient pas été la preuve ultime qu'il fallait que je rectifie le tir. Mais Léo se trompait et c'était ça qui me tordait le bide. Je ne mettais pas en doute nos liens familiaux, je voulais faire valoir mes droits et me battre pour obtenir le statut officiel de père. Et ça passait par la preuve irréfutable d'un test de paternité.

Comment allais-je trouver les mots pour lui expliquer tout ça si elle refusait de me parler ? Je secouai la tête pour faire fuir ces pensées noires et commençai à remettre de l'ordre dans ma piaule.

Trop de choses se déroulaient dans ma vie alors que je ne rêvais que d'une seule chose : être peinard. C'est donc ça qu'on appelle le karma ? Parce que j'avais vécu une vie de bandit, le Grand architecte de l'univers me le faisait payer ? Ça y était, je parlais comme un franc-mac...

Comme si le GADLU m'avait entendu, je reçus au même instant un appel de Gaston et laissai ma boîte vocale prendre le relais en lâchant lourdement le téléphone sur le bureau. Je m'assis sur le lit, l'odeur de vanille du parfum de Léo se mêlait aux vapeurs de mojitos fraise et j'en eus un pincement au cœur. J'enfonçai ma tête dans mes mains et fermai les yeux.

Mon mobile hurla de nouveau. Il fallait vraiment que je coupe cette putain de sonnerie atroce. J'essayai néanmoins de faire totalement abstraction d'elle, mais au bout du cinquième appel, ma patience atteignit ses limites.

— Quoi ? lâchai-je en décrochant sur un ton beaucoup plus agressif que je ne l'avais voulu.

— Romeo ? Ça va pas ? me demanda Gaston d'une voix manifestement bienveillante.

— Si, si, désolé, des petits problèmes perso. Mais c'est rien, et toi, comment tu te sens ?

Un silence puis il répondit :

— J'ai appris que la victime était Pascal Danglert... Je t'avoue que je ne le portais pas du tout dans mon cœur, plutôt le contraire même, mais ça m'a secoué quand même. Trois frères qui se font sauvagement assassiner en l'espace de quelques jours, c'est très compliqué à gérer. La police a convoqué toute la loge, d'après ce que j'ai compris.

— Vous n'avez pas déjà été interrogés ?

— Si, après la mort d'Amar, mais de façon rapide... Cette fois-ci, ça m'a l'air d'être beaucoup plus sérieux.

— En même temps...

— Oui, c'est sûr ! me coupa-t-il. À ce propos, j'organise une réunion de crise avec quelques frères de la loge ce soir, chez moi. J'aurais besoin que tu viennes un peu avant et que tu m'expliques tout ce que tu sais.

— Un point sur l'affaire, en somme ?

— On peut dire ça comme ça, oui.

— Tu es conscient qu'il est possible que le tueur soit chez toi ce soir ?

— C'est précisément pour ça que j'ai besoin de tout savoir.

— Envoie-moi ton adresse, un horaire et j'y serai.

— Merci, Romeo.

23

J'avais la journée devant moi avant de me rendre chez Gaston. Je contactai rapidement Van Deren pour lui demander les rapports sur les trois meurtres et elle me les envoya par e-mail sans même rechigner. J'eus la sale – et heureusement éphémère – impression de faire soudain partie de la police. *Romeo chez les poulets*, ça aurait fait un bon titre de bouquin, mais pour l'heure, je n'avais pas l'âme à gratter du papier.

Je replongeai le tarin dans mes recherches concernant les tests de paternité et chaque fois que je faisais une pause, l'image de Léo venait hanter mon esprit. Qu'allait m'apporter tout ça ? Et si le test revenait négatif ? Une boule nerveuse noua mes entrailles à l'idée de perdre la gamine à jamais. Je venais déjà de la laisser filer sans rien pouvoir faire et ça me minait le moral.

Après quelques minutes à fouiller dans mes papelards, je constatai que les seuls laboratoires où je pouvais effectuer de tels tests se trouvaient en Suisse. Je cherchai le plus proche de Lyon et tombai sur les contacts d'un labo situé à Genève. J'utilisai alors la bonne vieille méthode du bigophone.

Après trois tonalités, une jeune femme décrocha :

— Laboratoire Alliance Genève bonjour, dit-elle avec un léger accent helvète.

— Bonjour, je vous appelle pour avoir quelques renseignements au sujet d'un test de paternité, s'il vous plaît.

— Aucun problème, en quoi puis-je vous aider ?

— Pour commencer, j'aurais aimé connaître la fiabilité du test.

— C'est tout à fait normal, monsieur. Sachez que notre laboratoire est accrédité ISO 17025 et que nos tests analysent vingt-trois marqueurs génétiques pour une fiabilité à 99,98 %. Si les échantillons permettent également de tester la mère de l'enfant, le taux de fiabilité passe alors à 99,99 %.

Un discours convenu et commercial appris par cœur. Mais il fallait avouer que les chiffres parlaient d'eux-mêmes.

— Très bien, fis-je, satisfait. Et ces échantillons, ça peut être...

— Cheveux, poils, sang, sperme, me coupa-t-elle tel un petit robot programmé pour répéter la même chose à des gens comme moi toute la journée.

— On obtient les résultats en combien de temps ?

— De trois à cinq jours, monsieur.

Elle aurait dû préciser : de trois à cinq jours avec un nœud dans l'estomac gros comme une boule de bowling.

— Très bien. Et le prix ?

Enfin, elle arrivait, la douloureuse. C'est toujours en dernier qu'on parle de pognon, le petit robot devait le savoir aussi bien que moi.

— La prestation coûte deux mille francs suisses pour un règlement à réception d'échantillon ou trois mille pour un règlement en deux fois avec un acompte de mille francs suisses.

Mon larfeuille ne fit qu'un tour.

— Quoi ?! m'exclamai-je. Je ne pensais pas que c'était aussi cher ! On voit partout des tests à soixante, quatre-vingt-dix euros, max !

— Vous êtes français, monsieur ?

— Oui, mais...

— Sachez qu'en France l'achat d'un test ADN est strictement interdit par la loi et passible de 3 750 euros d'amende et un an d'emprisonnement.

Elle connaissait bien son sujet, elle avait débité la phrase comme un juge qui éructe une sentence. J'imaginai tous ces gamins qui se payaient des tests sur Internet pour savoir d'où venaient leurs ancêtres. Quand il s'agissait de faire les fiers à exhiber leurs trois pour cent de gènes égyptiens, y'avait du monde, mais pour aller filer un coup de main aux migrants qui crevaient la gueule ouverte dans des camps à deux minutes de chez eux, l'Afrique du Nord paraissait tout à coup beaucoup moins cool. Quand je pensais à tout ce beau monde qui enfreignait la loi et aurait dû faire de la taule, l'ironie du sort me colla un rictus sur le coin de la bouche.

— Tout de même, y'a une sacrée différence de prix ! repris-je comme si j'étais en pleine négociation avec un garagiste pour faire réparer ma bagnole.

— C'est parce que chez Alliance Genève, vos données génétiques ne sont pas conservées ni vendues. Le véritable coût technique d'un test ADN se situe entre deux mille et trois mille francs suisses, nous nous situons dans la fourchette basse... si vous payez comptant.

Et la médaille d'or du discours vendeur qui a réponse à tout est attribuée à : réceptionniste-robot suisse !

Bon, elle venait de me convaincre. Je la remerciai pour les renseignements et raccrochai. Cheveux, poils, sang, sperme. Ces quatre mots se répétaient en boucle dans ma tête. Où allais-je bien pouvoir mettre la main sur un truc pareil ? En ce qui concernait un échantillon provenant de la mère de Léo, c'était hors de question, mais une fiabilité à 99,99 % m'allait très bien. C'était plutôt l'idée d'un résultat à zéro pour cent de gènes commun qui me foutait les miquettes.

Je fis un tour dans la salle de bains pour voir si Léo n'y avait pas laissé une brosse à cheveux ou un truc dans le genre. Mais en dehors de son dégueulis qui avait fini au fin fond des canalisations, pas de traces d'ADN dans cette pièce. Je me jetai ensuite sur le lit et inspectai scrupuleusement l'oreiller et les draps à la recherche d'une mèche de cheveux. Après *Romeo Brigante, indic pour les poulets*, je tenais le premier rôle dans : *Romeo Brigante dans les Experts, Lyon.*

Une bonne heure s'écoula, une heure passée à quatre pattes à scruter toute la piaule, et j'en vins à la conclusion que j'allais bien être obligé de recontacter Léo pour lui demander de me fournir en acide désoxyribonucléique. Mais vu la tempête qu'elle avait déclenchée à la simple vue de mes recherches sur les tests de paternité, j'avais de gros doutes quant à l'issue de la manœuvre.

Je m'assis sur le lit et soupirai, désespéré. Je tendis la main pour me saisir du mot que m'avait laissé Léo et le relus à plusieurs reprises. Chaque fois, la lame glacée du spleen s'enfonçait un peu plus profondément dans mon cœur.

Et puis soudain, la solution m'apparut.

Je filais sur l'autoroute A42 en direction de Genève en compagnie du son criard des Creedance Clearwater Revival. Plutôt que le vieux compteur de ma BMW, j'utilisais le GPS de mon téléphone pour contrôler ma vitesse. Les radars automatiques ont une tolérance de cinq pour cent, ce qui m'autorisait à enfoncer la pédale d'accélérateur jusqu'à cent trente-six kilomètres-heure sans craindre d'infraction. J'allais bien avoir besoin de ces petits kilomètres par heure supplémentaires si je voulais faire l'aller-retour Lyon-Genève dans la journée.

À peine une heure et cinquante-cinq minutes plus tard, je me garai sur le parking du laboratoire Alliance Genève. L'endroit était coquet et propre, à l'image du pays.

À l'accueil, on me proposa de patienter avec un café et de poser mon séant sur un fauteuil de designer très confortable. À deux mille balles le test, je ne m'attendais pas à moins niveau standing.

Je remplis une fiche de renseignements puis fus appelé, quelques minutes plus tard, à suivre l'hôtesse aux cheveux tirés en arrière qui m'avait accueilli en entrant. Je pénétrai dans un bureau carré aux murs de verre fumé et un jeune homme avec une tronche à avoir fait trois écoles de commerce m'offrit son plus beau sourire.

Après quelques minutes de palabres, je lui présentai la nature de l'échantillon que j'avais pour récupérer l'ADN de Léo : le chewing-gum qu'elle avait utilisé en guise de Patafix pour coller sa cinglante missive sur le mur de ma chambre. Sourire Colgate écarquilla les yeux comme si je lui avais montré un gros plan de mes bijoux de famille et, quand je lui assurai que j'avais pris toutes mes précautions et que seul l'ADN de ma fille pouvait se trouver sur cette boule de gomme, il reprit un air sérieux. Peut-être la vue du tas de talbins de cent avait-elle pesé dans la balance, qui sait ?

Il passa plusieurs coups de fil, prit un échantillon de ma salive à l'aide d'une sorte de coton-tige, puis me remercia au nom du laboratoire Alliance Genève.

Le pécule plus léger et l'estomac plus lourd, je fis la route en sens inverse jusqu'au bercail avec la sensation d'avoir l'épée de Damoclès au-dessus de ma tête. Dans quelques jours, je serais fixé.

24

Gaston m'accueillit chez lui. Il habitait un bel appartement sur le plateau de la Croix-Rousse dont la vue depuis l'une des fenêtres, celle de la chambre principale, était à couper le souffle. La colline surplombant la ville offrait un panorama atypique où se mélangeaient les hauts immeubles modernes du centre d'affaires de la Part-Dieu et les bâtiments sans âge de la presqu'île.

Il m'offrit une bière, que j'acceptai, et nous nous installâmes dans son salon. Pendant que Gaston allait chercher son ordinateur portable dans la pièce bordélique qui lui servait de bureau, je fis un tour d'horizon du salon. Face au canapé sur lequel j'étais assis, une immense bibliothèque recouvrait tout le mur du sol au plafond. Au milieu des bouquins, quelques cadres photo montraient des clichés de sa femme – la blonde que j'avais vue au *showroom* de sa société – et lui, tantôt au bord d'une plage paradisiaque, tantôt au sommet d'une montagne ou dans une jeep de safari. L'un d'entre eux immortalisait un jeune homme souriant dont les traits ressemblaient à s'y méprendre à Gaston. J'eus soudain une nouvelle pensée pour Léo et me demandai si Oudin avait déjà expérimenté le sentiment affreux de trahir son fils.

— C'est ton gosse ?

— Oui, répondit-il en s'asseyant à mes côtés, Martin.

Au même instant, la femme de Gaston sortit de la cuisine et traversa le salon jusqu'à nous. À l'évocation du nom, son visage se glaça. Ou alors, c'était ma trogne qui ne lui revenait pas.

— Audrey, chérie, je te présente Romeo, un vieil ami, tu te rappelles...

— Vous êtes passé au magasin, c'est ça ? le coupa-t-elle en ponctuant sa phrase par une moue sans équivoque.

Elle se souvenait de moi, mais comme du trublion de service. Je me levai pour la saluer puis elle prit congé de nous en nous souhaitant une bonne soirée. Oudin m'expliqua qu'à chaque fois qu'il organisait une réunion de franc-maçonnerie chez lui, elle avait la délicatesse de lui laisser l'appartement, ce qui constituait également pour elle une bonne occasion pour aller prendre du bon temps auprès de ses amies.

— Je crois que ta femme apprécie moyennement ma présence, lançai-je.

— T'inquiète pas, c'est juste qu'elle est toujours un peu bizarre quand on parle de Martin. C'est le fils que j'ai eu d'un premier amour. Elle veut des gosses, et moi, je lui refuse depuis toutes ces années, alors...

— Tu veux pas remettre le nez dans les couches, c'est ça ?

Une ombre furtive passa sur le visage de Gaston puis il répondit :

— On peut dire ça comme ça, oui.

— Et ton Martin, là, il t'a déjà fait la gueule, mais façon, je claque la porte et tout le barouf ? demandai-je en rapport avec l'épineux problème que je rencontrais avec Léo.

Gaston marqua une pause et sembla regarder dans le vide à la recherche de souvenirs.

— Pas évident de répondre à ça, j'ai eu connaissance de son existence sur le tard, et sa mère et moi, on était déjà séparés.

— Bienvenue au club.

Je réalisai qu'il avait répondu par l'affirmative à ma question alors qu'il n'avait pas plus mis le nez dans les couches que moi. Parler de notre progéniture nous filait visiblement à tous les deux le bourdon. Le silence s'éternisant, j'embrayai immédiatement sur le sujet qui nous réunissait chez lui :

— Voilà, dis-je en pointant un index vers l'écran de son ordinateur, tu as la copie des rapports. Si mon contact apprend que je t'ai filé ça, on me les coupe, tu comprends ?

— Y'a pas de lézard, Romeo.

Il avait accompagné sa réponse d'un discret rictus, il devait sûrement se faire une image mentale de moi sans mes bijoux de famille.

Nous lûmes en silence les pages des dossiers en sirotant nos binouzes à raison d'une gorgée par minute environ, comme dans la chorégraphie millimétrée de deux darons pensifs.

— Tout correspond à la légende d'Adoniram, fit soudain Gaston, brisant la monotonie.

— Tu veux dire les meurtres ?

— Oui, leur mode opératoire, les instruments utilisés...

— Ils ont une signification particulière, d'ailleurs ?

— Chaque outil est utilisé comme symbole en franc-maçonnerie, mais honnêtement, à part si tu nous rejoins et fais tes classes comme tout le monde, je ne peux pas vraiment t'expliquer.

— Quoi, c'est secret ? dis-je en fronçant les sourcils.

— Non, pas du tout, c'est juste que... je ne sais pas, c'est inexplicable. Tu vois, c'est comme quand on raconte une histoire par laquelle on a été enthousiasmé à mort, mais que l'audience ne réagit pas et qu'on dit : « Enfin, fallait y être, quoi ». Eh ben, là, c'est pareil. Faudrait y être.

— J'essaie juste de filer un coup de main, moi. Je me demande simplement pourquoi le tueur s'est servi d'un marteau, d'un fil à plomb et d'une pointe.

— Un maillet, une équerre et un compas, rectifia-t-il comme si la sémantique avait une importance.

— Ouais, bref. Y'a quand même un truc qui me chagrine, enchaînai-je. Le rapport dit qu'Amar a été tué à l'aide d'une statuette en bronze et que les coups de mart... de maillet ont été effectués post-mortem.

— Peut-être que le tueur a agi dans la précipitation...

— Ça ne colle pas avec tout le schmilblick autour de la légende franc-mac. Tout ça m'a l'air calculé, prémédité.

— Ou alors, reprit Gaston en se grattant le haut du crâne, le tueur a simplement voulu assurer le coup avec ce qu'il avait sous la main et a quand même utilisé le maillet à la fin, pour la symbolique, justement.

— C'est vrai que buter quelqu'un à coups de marteau en bois, faut quand même y aller.

Gaston plongea la tête dans ses mains.

— Pardon, mon vieux, m'excusai-je, je voulais pas... Toute cette histoire est tellement sordide que j'en oublie que ce sont tes frères...

Il soupira, renifla et but une gorgée de liquide houblonné.

— C'est surtout Amar... On était proches, ce type était la bonté incarnée.

— Et pas les autres ?

Gaston s'éclaircit la gorge et répondit :

— Comme je te l'ai déjà dit, je n'avais pas plus

d'affinité que ça avec Pascal Danglert. Tu sais, il y a un côté un peu politique en franc-maçonnerie, on a des grades, des offices, des votes, etc. Un vrai bon maçon ne voit pas d'honneur dans ces titres et ces insignes, mais plutôt une responsabilité auprès de la loge. Les rôles que l'on se voit attribuer sont accompagnés de devoirs plutôt que de droits. Mais comme dans toute société humaine, il y en a certains qui perdent ça de vue et y voient une manière d'élever leur orgueil et d'obtenir des titres qu'ils n'ont jamais eus dans leur vie profane.

— Et Danglert était de cette trempe ?

— On peut dire ça comme ça. En franc-maçonnerie, chaque action est faite sous le sceau de la bienveillance, donc il n'y a jamais vraiment de confrontation, mais Pascal était plus porté sur la politique et faisait sa petite tambouille dans son coin pour recueillir des suffrages et des soutiens.

Je digérai à mon rythme les informations qu'il me balançait.

— Toi, tu es grand vénérable, c'est ça ?

— Vénérable, tout court, me corrigea-t-il.

— Et ça te donne des avantages ? T'es une sorte de chef, non ?

— Oui, mais ça ne sert à rien. Tu es au service de la loge et ton rôle est de veiller à ce que tout se déroule dans les règles de l'art. En dehors de ça, c'est juste un titre et tu te payes la chaise la plus inconfortable de la loge !

Je visualisai la massive chaise en bois qui avait

grincé pendant les deux heures de la tenue à chaque mouvement de Gaston.

— Et Janis ? repris-je.

— On était déjà un peu plus proches, mais lui aussi avait ses petits travers.

— Du genre ?

— Le gars était un puits de science et il ne manquait pas une occasion de nous le faire savoir.

— Est-ce que je sentirais pas une pointe de jalousie, mon Gaston ?

Il secoua la tête et sourit timidement.

— Non, non, franchement. En plus, il était touchant, le pauvre, il a vraiment eu une vie de merde.

Nouvelle lampée de bière. Je l'imitai, comme pour lever un verre à la santé de types que je ne connaissais pas, mais qui avaient comme tout le monde une famille qui allait assurément les pleurer pendant longtemps.

— Tu penses que le tueur se cache parmi tes frères ? demandai-je d'un ton sérieux.

Gaston soupira et décala son assise pour me regarder droit dans les yeux.

— Je n'en ai plus aucun doute. Et je crois de plus en plus que cette affaire a quelque chose à voir avec Gabriel Laffont.

— Tu savais que Danglert et Laffont étaient camarades de classe depuis le lycée ?

— Oui, c'est même Danglert qui a fait entrer Laffont chez nous. Tu vois, encore son côté politique, Laffont était au conseil municipal de Lyon à l'époque. Si tu veux mon avis, il est plus venu pantoufler que polir sa pierre.

— Ce qui fait que les trois victimes ont toutes un rapport de près ou de loin avec Laffont. Amar était sur le point de préparer un e-mail à l'attention de journaux d'investigation, il avait peut-être des révélations à faire sur le candidat à la présidentielle ? Pareil pour Janis : imagine qu'il ait été en possession d'enregistrements de ses séances de psy avec Laffont et que celui-ci lui ait révélé, en toute confidence, des secrets qui auraient fait tache sur son CV ? Danglert, quant à lui, devait bien avoir son lot d'anecdotes salaces sur Laffont si tant est qu'ils aient fait les quatre cents coups ensemble depuis les bancs de l'école.

— Alors, c'est un coup de l'extrême droite, souffla Gaston.

Je marquai une courte pause et m'éclaircis la gorge avant de parler :

— Si tu vas par là, je te livre le coupable idéal. T'es au courant que ton frère Philippe de Faucigny préfère ses chemises brunes plutôt que blanches ?

Je devais avoir appuyé là où ça faisait mal, car sa mine se figea dans une expression contrite. Les muscles de sa mâchoire se contractaient par saccades et je pus observer ses poings se crisper.

— Il y a toujours des brebis galeuses dans un troupeau. La franc-maçonnerie n'est pas exempte de ce phénomène. On a bien tous compris ses opinions, mais c'est un principe chez nous : on ne parle ni de politique ni de religion. Tu peux me rétorquer que les valeurs humanistes qu'on essaie de prôner sont en contradiction avec ce que pense au fond de lui de Faucigny, et tu aurais raison, mais on reste tolérant tant qu'il ne véhicule pas ce genre d'idéologie au sein de la loge. Et entre nous, il ne l'a jamais fait en plus de dix ans.

— Mouais... Son discours de l'autre soir ne sentait pas vraiment la rose, si tu vois ce que je veux dire ?

— Ce sont ses opinions, on les écoute, on les entend et on essaie de les contredire sans les juger. Tant qu'il n'y a pas de prosélytisme, chacun a le droit de penser ce qu'il veut. En tout cas, c'est comme ça ici.

Je n'avais pas la force de débattre avec lui sur le sujet et je choisis donc de ne pas lui révéler ma petite altercation avec son nazillon de frangin. Et puis soudain, en repensant à ma filature foirée et à la tronche de de Faucigny qui se tenait l'entre-jambe en gémissant, j'eus un flash de lucidité. Quelque chose ne tournait pas rond dans cette théorie. Si l'extrême droite avait besoin de salir l'image de Laffont pour faire remonter son parti dans les sondages, des ragots colportés au sujet dudit candidat étaient tout bénef. Elle aurait eu tendance à encourager Amar et les autres à baver plutôt que de les faire taire à tout jamais, enterrant de fait leurs secrets calomnieux avec eux. S'il y avait bien quelque chose qui servait la politique soutenue par de Faucigny, c'était de jeter le discrédit sur l'opposant à la tête de proue du

Rassemblement national. En revanche, du côté de Gabriel Laffont, c'était justement tout le contraire, il fallait étouffer la moindre anecdote négative sur lui, à n'importe quel prix... Mais dans ce cas, pourquoi une mise en scène aussi macabre qui risquait d'attirer les journalistes comme des papillons de nuit vers un lampadaire et faire les gros titres ? Je naviguais en plein brouillard.

Avant que les frangins de la loge ne débarquent chez Gaston, il m'avait envoyé au petit supermarché au pied de son immeuble pour nous chercher de quoi grignoter et boire. En temps normal, je ne suis le larbin de personne, mais la vérité était que le fait de ressasser la mort de trois des siens avait créé une atmosphère morbide dans l'appartement et je n'étais pas mécontent de m'en extirper à la première occasion.

Sur le chemin du retour, j'en profitai pour informer Van Deren des événements qui allaient se dérouler et lui promis de la recontacter si jamais j'entendais quelque chose de probant. De son côté, elle m'indiqua qu'elle était sur le point de m'obtenir un entretien au parloir avec cette crevure de Mustapha Benacer. La commandante ne perdait pas le nord, en dehors de cette affaire sordide de tueur en série, elle était toujours focalisée sur le cas Perez. On était deux.

Durant l'heure qui suivit, toute une ribambelle de frangins en tout genre défila dans le salon de

Gaston, au milieu duquel nous avions installé une table et disposé boissons et amuse-gueules. Le groupe fut finalement composé d'une dizaine de personnes dont je m'efforçai de retenir les noms tant bien que mal. Un Paolo Giacometti par-là, un Sébastien Péquet par-ci, du Olivier Lacroix, du Tanguy Nguyen, une nouvelle tête, tiens, Jacques Marchand ou Michaud, un autre caché derrière ses camarades, un certain Paul Ramzanian ou un autre truc en « ian », un Arménien quoi, et deux vieux dont je n'avais absolument pas compris ni le prénom, ni le nom de famille. La plupart des visages m'étaient familiers, j'avais pu les observer lors de ma première tenue. Je remarquai que Philippe de Faucigny avait esquivé la sauterie. Est-ce qu'il savait que j'allais y assister ?

Gaston fit un long discours dans lequel il rapporta à ses frères toutes les informations que nous avions analysées quelques heures avant et, tapi dans un coin de la pièce, j'observai les réactions. Je m'arrêtais sur chaque trogne de longues secondes et me demandais si le tueur sanguinaire se cachait parmi elles.

La discussion ouverte bifurqua rapidement sur leur petite tambouille interne de francs-macs et je n'entravais plus rien. Ça balançait des noms incompréhensibles, ça parlait d'obédience, de Grande Loge de France et de trucs bizarres en rapport avec leur protocole séculaire. J'avais juste retenu que deux des frères présents avaient les grades de premier et second surveillant. Tiens donc, des surveillants, comme en taule. La boucle était bouclée.

Parfois, je tendais l'esgourde ; souvent, je me perdais dans mes pensées et j'occupai la majorité de ma soirée à siffler des bières et m'empiffrer de cacahuètes. Puis quelque chose attira mon attention, ou plutôt l'*absence* de quelque chose.

Je fis un tour d'horizon du salon et ressentis une sorte de gêne, comme s'il y avait eu du changement sans que je m'en aperçoive. En dehors de la table que nous avions apportée depuis la cuisine et des canapés que nous avions poussés contre les murs, il me semblait que la pièce n'était pas telle que je l'avais vue en arrivant quelques heures auparavant. Je n'arrivais pas à mettre le doigt dessus et pourtant ça me titillait, ça me picotait l'arrière du bulbe et, je le savais, allait m'empêcher de trouver le sommeil si je ne découvrais pas rapidement de quoi il s'agissait.

J'en étais certain, quelque chose avait changé dans ce salon et il fallait que je sache quoi.

25

Les vibrations de mon téléphone sur la minuscule table de nuit martelaient mon crâne comme si on l'attaquait au marteau-piqueur. Je me félicitai néanmoins d'avoir pensé à couper la sonnerie démoniaque de cet engin, car je n'aurais pas donné cher de ma peau si sa mélodie criarde m'avait perforé les tympans. Pendant les premiers tremblements, j'avais d'abord cru à des travaux dans la rue d'en face, puis j'étais peu à peu revenu à la réalité. Une réalité faite en grande partie d'un casque de plomb qui alourdissait ma caboche et ralentissait tous mes mouvements. Une gueule de bois, en somme. Je réalisai alors seulement le nombre de binouzes que j'avais enquillées la veille au soir. Et à part des cacahuètes, rien pour filer un coup de main à mon foie et éponger l'alcool.

Le cataclysme sismique cessa quelques secondes, puis reprit. Je jetai un coup d'œil à l'heure et à l'identité de l'appelant. 6 h 27. Van

Deren. Ces deux informations eurent le don de me foutre en rogne.

— Allô, grognai-je, tel un ours qu'on dérange en pleine hibernation.

— Pas du matin, Brigante ?

— À votre avis ?

— Je t'ai dégoté un parloir avec Benacer, mais il faut faire vite. T'as rendez-vous à 8 h pétantes à la prison de Corbas. Je te montre pas le chemin, tu sais où c'est.

L'étau qui vrillait mes tempes me confirma que je n'avais pas de goût pour les sarcasmes à cette heure matinale.

— Tu m'as entendue, Brigante ?

— Compris, maugréai-je.

— Ne me fais pas un faux plan, hein ? Y'aura pas de seconde visite possible, je me suis pliée en quatre pour obtenir un truc pareil. Si ça se sait, je saute.

— Y'aura pas de lézard. 8 h, Corbas, répétai-je.

— Quand tu vas arriver au contrôle, tu vas filer ta carte d'identité à un contact à moi. C'est hyper important que ce soit lui et personne d'autre ! Impossible de t'obtenir un permis de visite, donc c'est lui qui fera comme si t'en avais un. Il est prévenu, il sait tout ce qu'il a à faire.

— Comment il s'appelle ? Comment je peux être sûr que c'est lui ?

— Pas besoin de savoir son nom et tu pourras pas le rater, il doit peser dans les deux cents kilos. Allez, faut que je file. Brigante ? Ce rendez-vous est crucial, donne tout ce que t'as pour ne pas le rater.

Clic.

Donne tout ce que t'as. Pour l'heure, la seule chose que j'avais, c'était une migraine.

Deux Doliprane plus tard, je garai ma tire non loin de la prison de Corbas, étron de béton au beau milieu d'une zone d'activités. La ville ressemblait à toutes ces villes périurbaines qui avaient poussé comme des champignons dans les années soixante et qui tentaient désormais de survivre à la compétition avec la métropole limitrophe en offrant des loyers moins prohibitifs. Mais proportionnellement à la baisse des prix au mètre carré, il y apparaissait une augmentation des prescriptions de Lexomil. Et ne pensez pas qu'après avoir cité deux noms de médicaments en l'espace de quelques lignes, je sois à la botte du lobby pharmaceutique.

Pour revenir à nos moutons, Corbas n'était en somme qu'un grand espace de terres agricoles entrecoupé d'agglomérats d'immeubles d'habitation ou de hangars de stockage. Et avec les relents capiteux provenant de la raffinerie de Feyzin qui empestaient les rues quand le vent avait la fumeuse idée de souffler dans le « bon » sens, il était tout naturel que la commune accueille une maison d'arrêt.

Dès le passage de la première grille, après la rue, mes entrailles se nouèrent. Je refaisais un saut dans un passé pas si lointain dont le seul bon souvenir que j'avais était le jour où j'avais quitté les lieux définitivement.

J'avais laissé téléphone portable, ceinture et pièces de monnaie dans ma voiture, j'avais même laissé mon trousseau de clefs sur la roue arrière gauche. Si j'avais pu y aller en slip, simplement muni de ma carte d'identité, je l'aurais fait. Au moindre bip du portique de détection métallique, la visite pouvait être annulée sur-le-champ, à la seule discrétion des matons. Chaque prison avait son propre protocole et parfois, les décisions se prenaient à la gueule du client. Les nanas se faisaient fouiller plus que de raison, elles devaient même parfois enlever leur soutien-gorge devant tout le monde, faute d'endroit discret pour le faire, pour que les surveillants puissent vérifier si elles ne cachaient pas un lance-missile dans les baleines de leur soutif. À côté de ça, à peu près tous les taulards avaient un téléphone portable et de quoi se doper pour oublier le temps qui passe trop lentement. Comment pouvait-il y avoir une fouille exagérée d'un côté et un tel laxisme de l'autre ? Moi, je sais tout ça, je sais comment on peut faire entrer à peu près tout ce qu'on veut en prison... mais je ne vous le dirai pas, imaginez que vous soyez flic !

Alors que je m'approchai d'une petite guérite vitrée par un panneau de plexiglas épais, des gouttes de sueur froide coulèrent le long de mon dos. À cause du reflet sur la paroi, je ne pouvais pas voir qui était derrière et j'avançais à l'aveugle, croisant les doigts pour que ce soit le contact de Van Deren. Je pense que je n'ai jamais autant espéré voir une personne en surpoids de ma vie.

À mesure que je progressais, les traits de l'agent pénitentiaire derrière l'hygiaphone se dessinaient. C'était une femme. Une jeune femme. Et son poids ne devait pas dépasser les cinquante kilos toute mouillée. Mon rythme cardiaque s'accéléra et je ralentis le pas, espérant presque que quelqu'un me dépasse et arrive au poste de contrôle avant moi.

— Monsieur, avancez, s'il vous plaît, me dit la matonne sur le ton autoritaire que j'avais subi pendant près de quinze piges.

Je lançai des regards à droite et à gauche, feignant de ne pas avoir compris qu'elle s'adressait à moi.

— Oui, c'est vous que je dis, monsieur.

L'administration pénitentiaire n'était pas réputée pour produire les nouveaux lauréats du Goncourt.

Je fis un dernier pas en avant et me retrouvai contre la paroi transparente. Le regard perdu, la mine hagarde, je jetai un œil à une énorme horloge au loin vers l'entrée. 7 h 59. J'étais pile à l'heure, pourtant. En avance, même. Van Deren allait me tuer.

— Monsieur ? réitéra Bernadette Pivot.

Je glissai ma carte d'identité sous la fente

d'une main tremblante et aucun mot ne put sortir de ma bouche.

Soudain, une porte derrière elle s'ouvrit sur un homme pachydermique qui suait déjà à grosses gouttes. Il avait l'air fatigué de vivre, de trimbaler sa lourde carcasse et sûrement de faire ce métier ingrat pour une pitance à peine plus élevée que le SMIC.

— Laisse, Sonia, c'est l'heure, tu peux partir en pause, dit-il alors que je lâchais un soupir de soulagement.

La jeune femme, sans même un regard pour moi, s'empressa de se lever et de quitter la pièce, une cigarette déjà sortie de la poche de son uniforme.

— Bonjour, fis-je doucement en poussant ma carte un peu plus profondément derrière l'hy-giaphone.

Il ne me répondit pas, contrôla mon identité et appuya sur un bouton pour déverrouiller un sas qui se trouvait directement sur ma gauche. Alors que je pénétrais dans les entrailles de la tristesse, l'éléphantesque agent pivota sur le côté et inter-pella un collègue :

— Kamel ! Monsieur pour Benacer. Fais-le passer par la huit, Benacer est déjà au parloir.

Le Kamel en question opina du chef et tendit un bras pour que je le suive.

Nous dépassâmes plusieurs portes de contrôle où des familles entières faisaient la queue pour rendre visite à un des leurs. Corps aux bras écartés prêts à la fouille, bips de portiques, bébés qui braillent, scanners et tapis roulants façon aéroport, à la différence près que dans ces cas-là, pas de départs en direction des Maldives, juste des yeux mouillés en arrivant et des cœurs brisés en partant.

Devant la porte numéro huit, je me pliai moi aussi au protocole et quelques minutes plus tard, je me trouvai face à l'entrée du parloir. Un grésillement mécanique m'indiqua qu'elle venait d'être déverrouillée et je me glissai à l'intérieur.

Le lieu était exigu, sorte de petit couloir étriqué avec deux chaises qui se battaient en duel. Le tout était fait du même béton gris et triste que l'extérieur de la maison d'arrêt. De quoi vous filer le bourdon pour la semaine. Je m'assis et, quelques secondes plus tard, Benacer fit son apparition dans la pièce. Je pus déchiffrer une immense déception dans son regard. J'imaginai qu'il s'attendait à voir sa nana ou sa mère peut-être.

— Putain, qu'est-ce tu fous là ? cracha-t-il entre ses dents.

— Merci pour l'accueil. Ça me fait plaisir de te voir aussi, répondis-je, un rictus au coin des lèvres.

— Gardien ! cria-t-il.

— J'ai un message pour Perez, murmurai-je.

La tête d'un maton pointa derrière la vitre et Benacer secoua la tête à son attention. Il repartit aussi nonchalamment qu'il était arrivé.

L'escogriffe nord-africain prit place sur une des chaises à contrecœur.

— Allez, Benacer, discutons cinq minutes, ça te changera de ta cellule et crois-moi, je sais que ça fait un bien fou.

Il me fixa en silence pendant quelques secondes puis je relançai :

— J'en ai pas pour longtemps, je veux juste que tu contactes Perez et que tu lui dises de me filer un rencard, où il veut, quand il veut. J'ai besoin de le voir.

— Je vois pas de quoi tu veux parler.

Il voulait un os à ronger. Quand j'avais parlé de Perez, Mustapha s'était ravisé et avait accepté de me recevoir, c'était donc qu'il savait très bien de quoi je voulais parler. Simplement, dans le monde dans lequel il évoluait – la taule –, c'était marche ou crève et il tenait une occasion de gagner quelque chose en échange de son service. C'était de bonne guerre, je ne pouvais pas lui en vouloir.

— Tu veux quoi ? relançai-je.

— Je sais pas de quoi tu veux parler, comment tu veux que je te réponde ?

Il jouait au con. Il fallait être plus con que lui.

— Bon, je vois que t'as de belles Nike, un beau survêt et que t'as pas perdu de poids, donc tu dois cantiner un max. C'est vrai, t'as besoin de rien finalement.

Je me levai lentement et fis demi-tour.

— Gardien ! criai-je à mon tour.

— OK, OK ! me supplia-t-il.

Le surveillant apparut une nouvelle fois dans l'encadrement de la paroi vitrée, l'air agacé.

Benacer secoua les mains et le type fronça les sourcils et frappa du poing sur le verre. Le bruit sourd rebondit quelques secondes contre les murs de béton armé.

— C'est pas compliqué, repris-je, je veux juste que tu dises à Tony que je veux le rencontrer et qu'il peut me faire savoir où et quand en utilisant le même moyen que d'habitude. Il comprendra, je pense.

— Pas simple.

Et par « pas simple », il voulait dire : « ça va te coûter ».

— Je t'écoute, dis-je.

Il soupira puis scruta longuement le sol avant de parler :

— Je viens d'avoir un gosse. Une petite fille. Elle est née à six mois, c'est une crevette, elle est à l'hosto, elle se bat entre la vie et la mort... Je voudrais juste une perm pour aller la voir.

Si j'étais cynique, je vous aurais dit que j'avais entendu des violons en fond sonore de son discours, mais la vérité est que ce type avait dans le regard une sincérité que le désespoir empêche de feindre. Le pauvre bougre me rejoignait dans le club de ceux qui ont eu des mômes alors même qu'ils sont en cabane. On n'est pas beaucoup là-dedans, mais assez pour engendrer plusieurs générations de gosses qui ne démarrent pas dans la vie dans les meilleures conditions.

Je n'avais pas la moindre idée de la raison pour laquelle on lui refusait une permission de sortie.

J'imagine qu'il avait déjà épuisé tous les recours de son côté et qu'il ne lui restait plus que celui de demander un appui extérieur. Est-ce que Van Deren pourrait accéder à sa demande ? Elle avait bien réussi à me faire arriver jusqu'ici.

— C'est quoi, l'hôpital ? demandai-je en gardant en tête qu'il faudrait tout de même vérifier et confirmer que tout ça n'était pas encore du flan.

— Maternité de la Croix-Rousse.

— Elle s'appelle comment, ta fille ?

— Inès.

— Elle a ton nom de famille ?

— Oui, répondit-il d'un souffle lent.

— Contacte Perez, fis-je en me levant. De mon côté, je vois ce que je peux faire pour ta permission.

Sans même m'adresser un regard, il bondit et marcha en direction de la porte du fond. Il frappa deux grands coups qui firent rappliquer une troisième fois le maton.

— C'est joli, Inès, lançai-je à travers la pièce. C'était le nom de ma mère.

Sur la route du retour, l'image de Perez et celles de ma vie d'avant tournaient dans ma tête aussi rapidement qu'un tas de chaussettes orphelines dans un tambour de machine à laver lancé en phase d'essorage. J'augmentai le volume d'un vieux morceau de Genesis – le premier où le batteur, Phil Collins, avait posé sa voix – pour tenter d'apaiser le flot de mes pensées.

Sans cesse, j'en revenais à Van Deren et à sa passion destructrice pour Antoine Perez. Pourquoi voulait-elle à ce point trouver le moyen de le placer derrière des barreaux, quitte à mettre en péril sa propre carrière de flic ? C'était grâce à cette carotte que j'avais réussi à sauver mes miches et celles de mon père et de ma fille. En dépit de l'arrêt du programme coûteux de protection de témoins dont nous bénéficiions et des regards torves de sa hiérarchie, elle avait néanmoins trouvé le moyen de me garder auprès d'elle en tant qu'indic afin d'avancer sur l'affaire Perez. Il y avait donc forcément quelque chose de beaucoup plus important à ses yeux que de simplement foutre un malfrat de plus en taule.

N'ayant pas grand-chose à faire à part attendre les résultats d'un test de paternité qui n'arriveraient que dans les jours suivants ou à jouer les apprentis francs-macs au milieu d'un panier de crabes dans lequel sévissait un dangereux tueur en série, je décidai de mener, moi aussi, une enquête parallèle.

À la réception de l'hôtel de Paris, je saluai rapidement Ibrahima et, au vu de sa tronche de trois pieds de long, je consentis à faire claquer quelques talbins sur le comptoir pour lui prouver ma bonne foi. Je voulais lui signifier par ce geste que j'avais l'intention de régler mon dû jusqu'au dernier centime, mais aussi lui faire comprendre que je ne savais pas, dans l'état actuel des choses, combien de nuitées je comptais rester. Son clapier était moins grand que le parloir que je venais de visiter, il ne fallait pas non plus qu'il essaie de me faire pleurer, il ne devait pas le louer très souvent.

Je m'enfonçai dans les couloirs du rez-de-chaussée et retrouvai la salle informatique. Je bougeai la souris d'un des ordinateurs pour l'extirper de son sommeil et m'assis face à l'écran. Je tapai l'objet de ma recherche dans le champ prévu à cet effet sur la page d'accueil de Google : Jean-Christophe Mattioli.

Les deux premiers résultats me livrèrent deux

profils Facebook. L'un n'avait pas exactement la même orthographe dans le nom de famille et l'autre était dépourvu de photo d'avatar et passé en privé. Ce furent en revanche les entrées suivantes qui firent se dresser les minuscules poils à la base de mon cou.

Plusieurs images d'articles de journaux, visiblement scannés, étaient ordonnées en tableau. Je cliquai sur la première et le chemin vers la vérité sembla se dérouler devant moi à mesure que je lisais les lignes imprimées sur papier journal.

Jean-Christophe Mattioli avait dirigé la brigade antigang de Lyon de 1997 à 2001. Cette même année, il avait été blessé en service le jour du casse du casino de Nice et avait reçu une balle de revolver dans la jambe lors d'un échange de coups de feu alors qu'il tentait d'appréhender les braqueurs. Le projectile avait traversé l'abdomen et avait touché des vertèbres. Son pronostic vital avait été engagé et, plusieurs jours plus tard, il était finalement ressorti de l'hôpital vivant, mais handicapé, incapable de se servir de ses jambes.

Quel était le rapport entre Mattioli et Van Deren ? Si le blase de ce type était inscrit sur la boîte aux lettres de la commandante, c'est qu'il y en avait bien un ! Elle avait peut-être monté une association portant son nom pour pouvoir récolter des fonds et l'avait domiciliée chez elle. Les flics sont très solidaires, c'est un fait, surtout quand il s'agit d'étouffer leurs agissements ou de protéger des collègues hors la loi. Mais de là à faire ça...

Non, ça ne collait pas, la rouquine devait avoir à peine vingt piges à l'époque, ça m'aurait étonné qu'elle ait déjà pris ses fonctions dans la police et ce genre de responsabilité.

Je secouai la tête pour couper court au flot de mes pensées et m'attelai à inspecter les autres articles. La grande majorité d'entre eux relataient la même histoire, certains, plus récents, racontaient celle d'un flic respecté qui avait dû réapprendre à vivre avec son handicap après l'accident.

Alors que, m'étant fait une idée générale de qui était Jean-Christophe Mattioli, je faisais défiler les images plus rapidement, je tombai soudain sur une photo qui fit toute la lumière sur cette intrigue.

Sur le cliché, on voyait une jolie petite famille poser devant sa jolie petite maison de campagne. À gauche, madame Mattioli affichait un sourire franc et un visage lumineux. Au centre, Jean-Christophe Mattioli, en uniforme d'apparat, était assis dans un fauteuil roulant et il avait passé le bras autour de la taille d'une belle jeune fille aux yeux pétillants et à la chevelure de feu. Une gueule d'ange que j'aurais reconnue parmi des milliers.

La légende était sans équivoque et venait planter le dernier clou dans le cercueil de cette affaire : « *Le commandant divisionnaire Jean-Christophe Mattioli en compagnie de sa femme, Caroline, et de sa fille, Sofia.* »

27

Je décidai d'aller me jeter un petit noir dans un troquet des alentours afin de digérer les infos que je venais d'ingurgiter. Le tableau commençait à se préciser. Le père de Van Deren avait reçu une bastos dans l'exercice de son métier et il y avait fort à parier que c'était un des gars de l'équipe de Perez qui avait tiré. Peut-être Perez lui-même. Quinze ans plus tard, difficile à dire. Même moi qui avais été au cœur de cette opération de grande envergure, la plus lucrative de ma carrière, je n'aurais pu affirmer quoi que ce soit. À l'époque, nous avions tapé trois casinos au même moment, dans trois endroits différents en France. Les journaleux avaient qualifié le braquo de « casse du siècle » et je ne pouvais pas leur donner tort. De mon côté, on n'avait jamais eu de blessés à déplorer, on s'inspirait des méfaits de Spiaggiari et tout ce qu'on voulait, c'était prendre l'oseille et repartir sans faire d'éclat. Évidemment, je vous dis pas qu'on n'a pas filé quelques gifles, quelques bourre-pifs et mis deux-trois sacs en plastoc sur la tête de certains, mais c'était plus pour le spectacle qu'autre chose. Il arrivait parfois que des petits malins veuillent jouer les héros et il fallait les corriger.

Perez, lui, était d'une autre école. Mais quand on bossait ensemble, je lui faisais promettre de respecter mon code d'honneur. C'était le prix de ma collaboration et il savait que sans moi, ses opérations n'auraient jamais payé aussi bien. J'étais celui qui permettait d'ajouter quelques zéros au butin, alors il acceptait de calmer ses ardeurs.

Je savais qu'il y avait eu de la casse cette fois-là, à Nice, mais j'ignorais qu'un flic avait perdu l'usage de ses jambes. Une sorte de mort en somme. Comptez pas sur moi pour verser une larme pour un flic, mais je dois vous avouer que depuis ma mise au vert forcée, j'ai eu le temps de revoir plusieurs fois mon jugement. Pour la première fois de ma vie, j'arrivais à imaginer la peine de la petite Van Deren quand on lui avait annoncé que son paternel était à l'hosto. J'imagine que le fait qu'il ait fini en fauteuil roulant avait dû être un coup dur pour la famille Van Deren et l'obsession de la commandante au sujet de cette histoire devenait claire comme de l'eau de roche.

Je déambulai dans les rues de la presqu'île à la recherche d'un endroit tranquille où siroter un kawa quand je passai devant un bureau de tabac qui affichait les derniers titres de la presse. Mon cœur se serra à la vue de l'un d'eux : « UN SERIAL KILLER CHEZ LES FRANCS-MAÇONS ». Un autre exhibait en grosses lettres rouges : « LE CANDIDAT GABRIEL LAFFONT EN DANGER ? ».

J'entrai dans le burlingue et achetai tous les canards dont la une avait un rapport de près ou de loin avec l'affaire dans laquelle j'étais impliqué en tant qu'indic. Je m'installai dans le premier troquet et lus frénétiquement tous les articles. Plusieurs fois. Certains spéculaient et jouaient sur l'effet d'annonce tandis que d'autres apportaient des détails bien trop précis sur l'affaire. Mon intuition me disait qu'il y avait quelque chose de pas clair et, comme si le ciel m'avait entendu, mon portable vibra.

Van Deren.

Mon cœur s'emballa comme celui d'une fillette à sa première boum et je décrochai :

— C'est quoi, ce bordel, Brigante !? hurla la commandante, me forçant à éloigner l'appareil de quelques centimètres de ma feuille. C'est la merde, c'est la merde !

— Qu'est-ce qu...

— On a la presse au cul ! Me dis pas que t'as vendu des infos, parce que je ne sais pas de quoi je serais capable !

Je pouvais sentir sa colère à travers le combiné. Elle parlait fort et vite. Sa respiration était haletante, elle était en proie à la panique. C'était contagieux.

— Je découvre les gros titres comme vous, tentai-je, penaud.

— Mon cul ! Y'a que toi qui en sait autant. Putain, Brigante, tout est dans la presse, là, devant mes yeux, *tout* !

Je repensai à la réunion de crise que Gaston avait organisée la veille. Quelqu'un avait cafté. Toutes les pistes étaient possibles. Des proches de de Faucigny, un journaleux de la loge ou Gaston lui-même, pourquoi pas. Je ne pouvais écarter aucune hypothèse pour le moment.

Comme je ne disais rien, elle continua :

— J'ai toute ma hiérarchie qui fait la queue devant mon bureau depuis la sortie des journaux, je ne peux pas me permettre que tu apparaisses de près ou de loin dans tout ça.

— C'est-à-dire ?

— C'est-à-dire que tu sautes, Brigante ! Tu n'as jamais existé ! À partir de maintenant, tu t'éloignes de l'affaire et pour ma part, je nierai tout en bloc. Je vais tâcher d'effacer toute trace de toi. Tu n'as jamais été mon indic, tu n'as jamais travaillé pour mon service, je ne veux plus entendre parler de toi.

Elle marqua une courte pause.

— Et ne crois pas que je te protège en faisant ça. Non, non, Brigante, je *me* protège ! Ne compte plus sur moi pour régler tes problèmes de conditionnelle et compagnie, démerde-toi tout seul. Je vais devoir raccrocher : à cause de tes conneries, le téléphone n'arrête pas de sonner !

Après plusieurs respirations sifflantes, elle ajouta :

— Ne te pense pas à l'abri pour autant, Brigante. Si cette affaire me coûte quoi que ce soit, je te le ferai payer au centuple !

Clic.

Je restai là, le regard dans le vide, une tonne de journaux étalés devant mes yeux. Et mon café était déjà froid.

28

Les deux cent dix-huit chevaux de mon Allemande étaient lancés à pleine bourre en direction de la société GD Securit. Laissez-moi vous rafraîchir la mémoire, c'est la boîte de sécurité en tout genre gérée par notre cher Gaston Dufresne, né Oudin.

J'étais remonté comme un coucou suisse et je serrai les mâchoires à m'en bousiller les molaires. Cette fois-ci, pas de musique de fond, ce trajet n'avait rien d'une balade agréable. Sur le siège passager, un tas de journaux et leurs unes sans équivoque.

Je me garai en catastrophe à quelques mètres de la porte d'entrée du *showroom* et débarquai à l'intérieur comme une furie.

— Salut la compagnie ! gueulai-je.

Heureusement pour le couple Dufresne qui me regardait faire mon numéro avec des yeux de merlans frits, il n'y avait aucun client dans les parages.

— Demandez l'édition du midi, demandez ! criai-je de nouveau en lançant à travers la pièce les pages des quotidiens que j'effeuillais au fur et à mesure de ma progression.

La femme de Gaston lui jeta un regard torve d'un air à dire : « Si t'y vas pas, c'est moi qui vais me le faire » et il réagit enfin.

— Qu'est-ce qui te prend, Romeo ? lâcha-t-il sur un ton que je trouvais peu affirmé.

— Qu'est-ce qui me prend ? Mais je vous distribue les gros titres, messieurs-dames !

Alors que je larguais tous azimuts les pages des canards que la clim faisait virevolter comme des feuilles mortes en plein début de tempête, l'expression de Gaston se faisait de plus en plus apeurée. Je retrouvai bien là mon collègue d'antan : un petit gringalet qui traînait avec des caïds, mais qui n'en menait pas large dès que la situation virait chocolat.

Ma distribution des titres de presse étant terminée, je m'occupai de Gaston qui se tenait alors à quelques centimètres de moi. Je l'agrippai par le colback et le pressai contre le mur derrière lui sous les cris affolés de sa blonde.

— Qu'est-ce que tu fous, Romeo, t'as perdu la tête ?

— Oh non ! Au contraire, j'ai bien toute ma tête ! T'as lu les articles ? C'est quoi, ce délire ?

Tout y est jusque dans les moindres détails, et ce, juste après notre réunion de crise chez toi.

— Je... J'y suis pour rien... bégaya-t-il.

— Quoi ? Tu penses que j'y suis pour quelque chose peut-être ? Tu t'imagines la merde dans laquelle tu m'as foutu, Oudini ?

Il secoua la tête et son visage se tordit dans une grimace de terreur. Sur l'instant, je crus presque que j'y étais allé trop fort et qu'il s'était pissé dessus. Je visai son entrejambe par acquit de conscience et continuai ma litanie :

— Y'a trop d'infos confidentielles, c'est pas possible que tu ne sois pas impliqué là-dedans !

— Pourquoi j'aurais eu intérêt à faire ça ? implora-t-il. Ça m'expose tout autant, c'est une publicité dont je me passerais bien.

Il venait de marquer un point. Les francs-macs étaient bien les derniers à vouloir qu'on découvre leurs petits secrets. Mais il était toujours possible que la sortie dans la presse de ces articles croustillants serve ses intérêts d'une manière ou d'une autre.

— C'est grâce à moi que tu as pu entrer dans ma loge, en transgression de toutes les règles. Je me serais tiré une balle dans le pied en balançant cette histoire à la presse, tu crois pas ?

Le fait de réfléchir à sa question me calma un peu. Je desserrai mon emprise sur lui et il retrouva des couleurs. Il jeta des regards alentour et aperçut sa femme dans son bureau en train de pianoter sur le clavier du téléphone à toute vitesse.

— Qu'est-ce que tu fais, chérie ? demanda-t-il, affolé.

— J'appelle la police, hurla-t-elle, plus terrorisée qu'un ministre devant un Gilet jaune.

Il prit ses guiboles à son cou et fonça à travers le *showroom* pour se précipiter sur le poste téléphonique, qu'il envoya valdinguer sur le sol.

— Mais t'es complètement fou ! cria sa moitié.

— Pas la police, chérie, pas la police ! J'ai la situation en main, t'inquiète pas.

Mais elle était toujours aussi inquiète. Elle fit un pas de recul et s'adressa à lui en agitant un index accusateur devant son visage :

— Écoute-moi bien, Gaston, je pars en pause déjeuner et quand je reviens, je veux que tout soit nickel et que ce type soit parti. On s'expliquera à la maison.

Des flammes plein le regard, elle fit demi-tour, empoigna son sac à main et sortit bruyamment. Chacun de ses pas martelait sa colère. Oudin allait en prendre pour son matricule dès son retour au bercail.

Il s'approcha de moi en silence puis lança :

— On fait une tenue funéraire ce soir, tout le monde sera là. Tu n'as qu'à venir et ensemble on pourra peut-être tirer cette affaire au clair. Il y a sûrement une explication.

— Ma mission est terminée, Oudin. J'ai plus à jouer les indics et à m'habiller en pingouin, rétorquai-je.

— Je... Je ne sais pas quoi te dire... Je suis même

étonné que les détails de l'enquête ne soient pas sortis plus tôt.

— Les flics ont une sainte horreur de la presse quand ils ne peuvent pas la contrôler. Cette affaire est sensible, il fallait qu'elle reste secrète, au moins pour les besoins de l'enquête.

Et voilà que je parlais comme un flic. J'avais décidément passé trop de temps avec cette Van Deren. *Laissez la police faire son travail, vous serez informés par voie de presse des détails de l'affaire en temps et en heure !* Je retins une envie de cracher sur le sol de chez GD Securit et attendis que Gaston ouvre la bouche :

— J'ai pas grand-chose de plus que la tenue de ce soir à te proposer, Romeo. Je te promets que je vais faire une enquête de mon côté, mais je pense que ce sera plus simple si tu y participes. Tous les frères seront réunis, si quelqu'un est responsable de la fuite, il sera forcément des nôtres ce soir. Viens quand même, ce sera ta dernière tenue.

Je soupirai puis me détournai de lui. J'allais ajouter quelque chose avant de sortir, mais aucune phrase assez forte ne me vint à l'esprit. Il valait mieux que je m'éclipse, car l'envie de lui faire bouffer toutes les pages des journaux une par une commençait à se faire un peu trop alléchante.

Dans ma tire, Neil Young enchaînait les mélodies de sa voix mélancolique à la limite de la justesse et mon humeur changeait au gré des morceaux folks.

Toutes les options qui s'offraient à moi tournaient en boucle dans mon esprit à la vitesse des pistons du moteur de mon bolide. Gaston avait peut-être raison finalement. Ça ne me coûtait pas grand-chose d'assister une dernière fois à cette pantalon-nade déguisée que serait la tenue du soir et je pourrais éventuellement en apprendre un peu plus. Et si je réussissais à mettre la main sur la balance qui avait bavé à la presse, je tiendrais peut-être mon billet retour auprès de Van Deren ? Je ne pouvais pas oublier que j'étais en condition-nelle et que ma liberté était entre les mains de la commandante. Et puis il y avait Léo... Tout ça se mélangeait au plus mauvais moment, comme une répétition incessante de l'histoire de ma vie. Est-ce que ce n'était pas tout simplement ça, la vie ? Une somme de mauvais moments qui conduisait inéluctablement tout le monde au même endroit : le cimetière.

Je fis grimper la BM sur les hauteurs de la colline de Fourvière et me garai sur le parking de la basilique. Depuis le parc qui la jouxtait, la vue sur la ville était imprenable. Accoudé sur un muret au milieu des touristes qui prenaient des selfies avec la capitale des Gaules en toile de fond, je pris une grande bouffée d'air et fermai les yeux.

Au bout de quelques minutes, j'extirpai mon téléphone portable de ma poche et envoyai un SMS à Gaston : « Quelle heure ce soir ? ».

29

La nuit était calme sur les bords du Rhône. Quelques étudiants marchaient jusqu'à chez eux en titubant, des cyclistes remontaient le trottoir et me frôlaient au passage, et un vent chaud s'était levé, chatouillant mon crâne lisse telle la caresse d'un tissu soyeux.

Arrivé auprès de mon Allemande, j'arrachai un prospectus promotionnel du pare-brise et m'engouffrai dans l'habitacle. Je zieutai mon autoradio et y insérai un album de Pink Floyd : *The Dark Side of the Moon*. Parfait pour cette nuit sans lune justement.

Les voix suaves de Richard Wright et David Gilmour dans le morceau *Time* m'enveloppèrent et le trajet jusqu'à l'adresse de la loge de Gaston se déroula comme dans une sorte de rêve éveillé. Le reflet des lumières de la ville avait dansé sur les carreaux de la BM, le noir d'encre du ciel m'était apparu d'une profondeur infinie et vertigineuse et l'asphalte de la route avait semblé glisser sous moi comme si mon véhicule et moi étions en lévitation.

Je me garai loin de l'immeuble et terminai les quelques minutes de l'itinéraire à pied. Arrivé devant l'entrée du bâtiment, je grattai ma barbe pour me donner plus de contenance face à l'obstacle qui barrait ma route. Il était tout juste 23 h et je supposais qu'il resterait tout de même quelques gonzes encore debout à cette heure-là. J'appuyai sans vergogne sur tous les boutons de l'interphone et attendis que la magie opère. Quelques secondes plus tard, le haut-parleur grésilla :

— Oui ?

— Ouvre-moi, s'il te plaît, j'ai encore oublié mes clefs ! lançai-je, plutôt fier de ma prestation.

Aucune réponse.

La seconde d'après, deux personnes décrochèrent en même temps et je leur servis une nouvelle fois mon speech. Rien n'y fit.

Agacé, j'actionnai frénétiquement tous les boutons plusieurs fois tel un ado attardé faisant une mauvaise blague. L'un d'entre eux dut craquer, car la serrure se déverrouilla subitement, me laissant le passage libre dans ce grand hall qui s'éclaira automatiquement dès mon entrée. Je me dirigeai vers le fond d'un corridor qui bifurquait sur la droite pour retrouver la porte arrière du vestiaire de la loge. Si j'avais cru en un quelconque ami imaginaire, j'aurais prié, mais je pris simplement une grande inspiration avant d'abaisser la poignée.

Aucune résistance. La porte était restée ouverte.

Je risquai un panard à l'intérieur et me glissai dans l'obscurité totale.

Soudain, un son strident et cacophonique me perça les tympans. Des spots aveuglants de lumière blanche s'actionnèrent un peu partout. Une alarme. Une alarme qui gueulait sans arrêt et qui n'allait pas tarder à alerter la ville entière, à commencer par les résidents de l'immeuble qui venaient justement de laisser entrer un inconnu. La police débarquerait très rapidement.

Mon pouls accéléra et je me mis en quête de fouiller la pièce de fond en comble à la recherche de ce que j'étais venu subtiliser : le gros livre d'archives de la loge. Je me souvenais que Gaston consignait tous les accessoires servant au rituel de la tenue dans un des casiers de la pièce. Avec la rapidité d'un voleur à la tire, je m'occupai de tous ceux qui n'étaient visiblement pas verrouillés.

À peine une minute plus tard, le sol était jonché de tout le contenu des casiers et je jetai mon dévolu sur les trois derniers, scellés par de petits cadenas.

Tout à coup, j'entendis du bruit en provenance de l'entrée de l'immeuble. Déjà ? Les condés étaient bien plus rapides qu'à mon époque !

La panique commençait à me gagner, il ne fallait pas que je flanche, que je fasse comme à l'époque, que je contrôle mon stress. La grosse différence étant que durant mes années fastes, les braquos que j'organisais étaient tous millimétrés. Je détestais agir dans la précipitation et dans l'improvisation la plus totale. Comme à cet instant, dans ce vestiaire pour humanistes du dimanche en mal de spiritualité.

J'entendis les voix de deux hommes se rapprocher et les cadenas étaient toujours là, devant mes yeux, à me narguer. Je fis un tour d'horizon de la pièce et fouillai du regard les tas d'objets éparpillés. Je remarquai une épée à la lame suffisamment solide et fine pour pouvoir se glisser dans la boucle métallique des loquets. J'utilisai l'arme comme levier et forçai comme un damné jusqu'à ce qu'ils cèdent. Le bruit dut mettre les hommes sur leur garde, car ils s'adressèrent à moi depuis le couloir :

— Hé ! Qui que vous soyez, ne bougez plus, nous sommes armés !

Ignorant leur sommation, je fis voler les portes des casiers et inspectai l'intérieur en hâte. Le livre d'archives était là, à hauteur de visage, devant mon tarin.

— Ne bougez plus ! grogna l'un des deux.

Les pas se rapprochant dangereusement, je tendis le bras et saisis une veste de costume que j'enroulai autour du gros livre. Dans un ultime geste, j'extirpai mon téléphone portable de ma poche et pianotai un texto à la vitesse de l'éclair. Léo aurait été impressionnée.

Un immense noir en uniforme ouvrit la seconde porte du vestiaire et braqua un *taser* électrique sur moi dès qu'il me repéra. Son collègue apparut très vite derrière lui, armé d'une matraque télescopique.

— Je suis un des frères de la loge, dis-je d'une voix volontairement fluette. J'avais oublié ma veste !

Le mensonge ne les fit pas broncher d'un iota. J'aurais pu leur dire que j'étais la reine d'Angleterre en voyage diplomatique à Lyon qu'ils n'auraient pas sourcillé un chouya de plus. Celui qui me tenait toujours en joue s'adressa à son collègue d'une voix ferme et grave :

— Appelle les flics !

J'étais fait comme un rat.

30

Les deux gars de la sécurité m'avaient fait asseoir dans un coin de la pièce, les mains sur la tête. J'eus tout le loisir du monde de scruter leur uniforme et de me rendre compte qu'ils bossaient pour GD Securit. Quelle ironie. Si j'avais su ça avant, j'aurais peut-être pu mieux gérer cette petite escapade nocturne, mais il était trop tard désormais.

J'entendis le rugissement d'un moteur au loin, puis des pas qui martelaient le carrelage du couloir menant au vestiaire. Les flics étaient là. C'en était fini pour moi. Retour à la case départ, et par case départ, je veux dire une cellule de huit mètres carrés où mon seul loisir pendant les dix prochaines années serait de faire des pompes.

Mes yeux s'écarquillèrent quand je vis le visage de la personne qui se tenait dans l'embrasure de la porte. Foi de Brigante, je n'avais jamais été aussi heureux de voir un flic de toute ma vie.

Van Deren affichait une mine grave et pourtant, une lueur dans le fond de son regard me souriait.

— Commandante Van Deren de la DIPJ, fit-elle en brandissant sa carte de police à la vue des deux agents.

Ils hochèrent la tête de concert, semblant soulagés de pouvoir en finir avec moi et retourner somnoler à leur QG.

— Je m'en occupe, leur lança-t-elle en s'approchant de moi.

Elle me demanda de me lever et de la suivre. Je récupérai discrètement la veste roulée en boule autour de l'objet de mon larcin.

Comme les deux gonzes la suivaient à la trace sans rien dire, elle s'arrêta net et se retourna vers eux.

— Qu'est-ce que vous foutez ?

— Bah, on vous suit... pour la déposition, répondit le plus grand.

— C'est bon, pas de souci, répondit-elle, je vais me débrouiller. Il est tard, j'ai pas envie d'y passer la nuit.

Trop contents de se débarrasser d'une corvée de plus, les deux agents affichèrent une mine joyeuse.

— OK ! Nous, on s'occupe de fermer ici et on vous laisse, alors ?

— C'est ça. Allez, bon courage ! lâcha Van Deren alors qu'elle me guidait vers sa voiture.

Elle m'installa à l'arrière puis prit place derrière le volant.

— Vous avez sorti le grand jeu, fis-je, joueur. Les gyrophares et tout !

— Fais pas trop le malin, Brigante. J'ai pas envie qu'ils te voient plaisanter avec moi.

Nous roulions depuis déjà quelques minutes vers une destination qui m'était inconnue quand elle brisa enfin le silence :

— Tu sais quoi sur mon père ?

Elle faisait référence au SMS de détresse que je lui avais envoyé. En substance, celui-ci disait que je savais tout sur Jean-Christophe Mattioli et que je tenais une occasion de foutre Perez en taule une bonne fois pour toutes, à condition, bien sûr, qu'elle vienne me récupérer en urgence à l'adresse que je lui avais indiquée. Elle avait mordu à l'hameçon et je n'étais pas peu fier de ma cabriole. La flic me sauvait des flics. La soirée était résolument placée sous le signe de l'ironie.

— Je sais tout, répondis-je sur un ton péremptoire qui parut l'agacer.

— Brigante, dit-elle entre ses dents, si tu m'as fait me déplacer en pleine nuit pour du flan, je te jure que tu vas me le payer. Depuis que je te connais, j'ai que des emmerdes. T'es un putain de chat noir, tu sais ça ?

Je me retins de cracher au sol. Un chat noir ! Elle avait vu ça où ? Elle allait me foutre le mauvais œil si elle continuait et il faudrait que je trouve un chaman au fin fond de l'Ardèche pour qu'il m'exorcise.

— On va où ? demandai-je après quelques secondes de silence.

— Chez moi. J'ai besoin d'un remontant. Je suppose que t'as rien dans ton hôtel miteux, je me trompe ?

Je secouai la tête négativement.

De retour dans le salon de Van Deren, je m'installai autour de la table et le chat me sauta sur les guiboles dès que je fus assis. Il commençait à me connaître, c'était pas bon signe. Je repensai à son histoire de chat noir et voulus une nouvelle fois cracher par terre.

— Gin tonic. Bombay Sapphire, ça te va ? me demanda-t-elle comme si elle donnait un ordre à un de ses sbires.

— Parfait.

Elle ôta sa veste et la jeta négligemment sur le canapé avant de disparaître dans la cuisine pour revenir avec un plateau et tout le nécessaire pour confectionner nos boissons.

— J'ai plus de glaçons, grogna-t-elle comme si c'était de ma faute.

Nous fîmes tinter nos verres et nous avalâmes une première gorgée en silence. Voilà que je trinquais avec les poulets maintenant. Tout partait à vau-l'eau.

— T'as vu son nom sur la plaque, c'est ça ? me

balança-t-elle. J'aurais dû me méfier, c'est jamais une bonne idée d'amener des ex-taulards chez soi.

— C'est déjà la deuxième fois.

— Foutue pour foutue...

Elle porta son verre à ses lèvres et but goulûment. Elle balança sa tête en arrière et détacha son chignon. Son épaisse et soyeuse chevelure rousse ondula autour de son visage et rehaussa le bleu hypnotique de ses yeux. Je ne sais pas si c'était le gin qui parlait à la place de mon ciboulot, mais à ce moment précis, je me rappelle avoir ressenti un léger pincement au cœur. J'avais la soudaine et irrépressible envie de goûter à ses lèvres. La fatigue sûrement, j'étais complètement crevé.

Elle me fixa sans rien dire pendant de longues secondes et les battements de mon cœur se firent plus rapides. Elle termina sa boisson et se resservit sans attendre.

— Van Deren, c'est le nom de ma mère, reprit-elle. Toi, tu sais pas ce que c'est, mais je te jure qu'être une nana dans la police, c'est un parcours du combattant. Être une femme déjà, c'est compliqué... mais alors flic *et* fille de flic !

Elle remua le mélange de gin et de tonic à l'aide de son index et continua :

— Mon père était connu comme le loup blanc à l'antigang et j'avais besoin de me faire un nom par moi-même. En tant que Sofia Mattioli, je n'aurais été qu'un prénom, un prénom féminin qui plus est. Mes parents ne se sont jamais mariés et je sais que ça a fait du mal à mon père que je préfère

Van Deren, mais il a compris. Je pense qu'il était déjà assez fier que je veuille bien faire le même métier que lui.

— Et aujourd'hui, il est... ? risquai-je.

— Il est pas mort, si c'est ce que tu veux savoir. Il est dans une maison de repos. Un doux euphémisme pour qualifier une prison sous la forme d'un asile de fous, quoi.

Nouvelle gorgée. Je l'imitai. Dès qu'on évoquait la prison, sous quelque forme que ce soit, il fallait toujours que je fasse quelque chose pour éloigner les souvenirs douloureux qui ressurgissaient telles des harpies.

— Dès les premiers jours après l'accident, mon père a été élevé au rang de héros. Toute la brigade défilait dans sa chambre d'hôpital, il souriait et blaguait même de s'être pris une balle en service. Mais quand la mauvaise nouvelle est tombée, quand il a appris qu'il ne pourrait plus jamais faire usage de ses jambes, ça a été le début de la descente aux enfers. Il essayait de donner le change, mais ma mère et moi, on savait qu'il ne voulait plus voir personne. Il a eu une médaille, il a donné des interviews dès son retour à la maison, il a reçu une grosse indemnisation, ce qui nous a permis d'acheter une maison, mais il n'était plus le même. Il avait commencé à boire en cachette et je m'en veux de n'avoir rien vu...

Elle marqua une pause, fixa son verre et son visage se déforma en un sourire contrit.

— Je sais pas pourquoi je te raconte tout ça...

— Parce que ça fait du bien, répondis-je d'une voix douce. Parce qu'on ne se connaît pas et que parler à des étrangers est souvent plus facile. C'est pas pour rien que les psys font jamais partie de la famille !

Elle eut un sourire. Un vrai cette fois-ci.

— Ça, les psys, j'en ai vu un paquet... Mon père aussi a eu sa dose. Ma mère a craqué avant eux. Mes parents se sont séparés et moi, je n'ai pas supporté qu'elle abandonne mon père comme ça. Alors, lui et moi, on lui a laissé la maison et c'est comme ça qu'on en est venus à vivre ensemble. Il a tenu quelques mois ici, dans cet appartement, plus ou moins sobre, et puis j'ai craqué à mon tour et je l'ai placé en cure après une crise de *delirium tremens* sans précédent. Comme quoi, je n'étais pas plus forte que ma mère, finalement...

Elle soupira et fit remuer le citron dans son verre.

— Cet accident a détruit la vie de mon père, celle de ma mère, et forcément la mienne aussi...

— Et vous pensez que c'est Perez qui a tiré ? osai-je.

— Je n'en suis pas sûre à cent pour cent, soupira-t-elle. J'ai étudié les témoignages de fond en comble, mais ce n'est pas suffisant. Il faudrait une preuve irréfutable... Je pensais sincèrement que ce que tu allais balancer sur lui me permettrait de le coffrer, mais non...

— Je suis désolé... Si ça peut vous rassurer, j'étais pour rien dans l'organisation du braquage où votre père a été blessé. Je connaissais les détails, mais c'était la partie de Perez.

— Je sais, je sais, fit-elle en fermant les yeux.

Van Deren passa une main dans ses cheveux puis me resservit sans rien me demander.

— Tu me disais dans ton message que t'avais une solution pour voir Perez ?

Elle ne perdait pas le nord. Son opération de sauvetage et le coup des cocktails n'étaient pas là pour mes beaux yeux, elle était toujours en quête du jour où elle aurait la peau de Perez et elle savait qu'elle ne pourrait y arriver qu'avec mon aide.

— Au moment où on parle, un rendez-vous est déjà en train de s'organiser. Mais pour être certain que ça arrive, j'ai besoin d'une faveur.

— C'est toujours pareil avec vous !

— Qui, nous ? Les indics ?

Elle renversa sa tête en arrière et éclata d'un rire sonore.

— On vous doit toujours une faveur, reprit-elle, rien n'est jamais gratuit.

— Cette fois-ci, c'est pas pour moi. C'est pour Benacer. Il vient d'être papa et sa fille est à l'hosto. Il voudrait juste une permission pour aller la voir, mais on la lui refuse depuis des semaines.

La commandante haussa les épaules.

— Y'a vraiment pas idée d'enfanter quand on a une vie pareille, bordel ! dit-elle en serrant les mâchoires. Mais OK, je vais graisser la patte du JAP, je vais pas priver une pauvre gamine de la visite de son père. Je sais ce que ça fait... même si le type est une merde.

— Je suis sûr que lorsque Mustapha apprendra la bonne nouvelle, j'aurai un rencard avec Perez. Au pire, vous aurez fait votre BA de la journée.

Un rictus apparut au coin de ses lèvres puis elle relança :

— Si t'arrives à voir Perez, en quoi ça va nous avancer ?

— Je sais pas, vous n'aurez qu'à lui passer les pinces !

— Impossible. On n'arrête pas un homme comme ça sans raison, j'ai déjà assez de problèmes en ce moment pour me rajouter un abus de pouvoir et une mise à pied.

Je doutais fortement de ce qu'elle venait de me raconter. Je repensai aux manifestants que les flics éborgnaient gratos, aux femmes plaquées au sol et piétinées, et aux contrôles de papiers qui se terminaient par un écrasement de la trachée... C'était bien la première fois qu'on me sortait que les poulets avaient besoin d'une raison valable pour agir. Mais je n'en fis pas cas et enchaînai :

— J'en sais rien, moi, quel genre de preuve il vous faudrait pour inculper Perez ?

— Le tireur a lui aussi été blessé par des tirs de riposte. On a son sang sur le flingue qu'il a abandonné derrière lui. Il a laissé ses empreintes dessus également. Sinon, il y a toujours le bon vieil aveu... et crois-moi, si y'a besoin de lui mettre des coups de bottin dans la tronche pour l'aider, je vais pas me priver !

J'inspectai l'heure sur mon téléphone portable. Il était tard. Bien trop tard pour être chez une femme flic que les gin to aidaient à me rendre désirable. Il fallait que je plie les gaules.

Je me levai et ma mine déconfite confirma à Van Deren qu'il était préférable que je m'éclipse.

— Tu comptes faire quoi pour Perez, alors ? demanda-t-elle avant que je n'arrive près de la porte.

— Obtenez la perm de Benacer et j'en fais mon affaire. J'ai déjà ma petite idée, vous tracassez pas.

De nouveau en costard deux pièces, je me retrouvai dans la cour intérieure plongée dans l'obscurité devant l'entrée de la loge en compagnie de tous les frères de celle-ci. Plus d'une quarantaine de personnes avait fait le déplacement et les quelques têtes que je connaissais déjà étaient disséminées dans la foule compacte. Gaston m'avait rencardé auparavant pour que je retourne mon tablier afin d'exhiber, non pas le tissu blanc immaculé, mais une bannière noire affublée d'une tête de mort barrée de deux tibias.

L'atmosphère était pesante et les frangins étaient bien moins loquaces que lors de la tenue précédente. Le mec à la canne et au chandelier fit son petit speech d'introduction et je pus rapidement pénétrer dans la pièce sans lumière.

J'avais demandé à Oudin de me refaire un topo rapide avant d'arriver et constatai que j'avais bien fait, car je ne me rappelais pas la moitié des gestes à effectuer lors du rituel d'ouverture. Je n'aurais pas à encombrer ma mémoire de tous ces détails inutiles puisque ce serait pour moi la dernière fois que je foutais les pieds dans une telle bouffonnerie. *Mon dernier rituel.*

Nous nous assîmes tous et le frangin accoudé au petit bureau de gauche, sur l'estrade du fond, ouvrit un grand et épais livre dans lequel il lut une sorte de résumé de ce qui s'était passé lors de la tenue d'avant. Tout y était consigné : les noms des frères présents, ceux des frères absents et les raisons pour lesquelles ils n'avaient pas pu venir ; étaient même cités les anciens frères de la loge qui avaient passé l'arme à gauche.

Ce livre était une mine d'or d'informations et je créai une note mentale afin de me rappeler d'y jeter un coup d'œil à la première occasion. Il y avait fort à parier que bon nombre de réponses se cachaient à l'intérieur. En tout cas, mieux qu'une déposition chez les flics, on avait, grâce à ce bouquin épais comme un bottin, les allées et venues de tous les frangins inscrits dans cette turne.

Par la suite, Gaston déblatéra un discours appris par cœur sur les trois frères étant passé à l'Orient éternel (c'est l'euphémisme qu'utilisent les francs-macs pour dire qu'un des leurs a clamsé), puis demanda à l'assemblée si un des *frelus*[1] présents voulait dire un mot avant de procéder à la suite de la tenue funèbre.

Un petit gros demanda la parole et se leva

pour parler de feu son ami Janis Amsalem, suivi par Tanguy Nguyen, l'Asiatique avec qui j'avais échangé quelques phrases lors des premières agapes.

Soudain, au fond de la salle, notre blondinet de service, que je n'avais pas repéré avant du fait du grand nombre de personnes présentes, se dressa à son tour et s'adressa directement à Gaston.

— Vénérable maître, avant que nous n'ouvrions nos cœurs en fraternité à la mémoire de nos trois frères passés à l'Orient éternel, je ne puis continuer à me taire et dois vous révéler à tous une information de la plus haute importance.

Qui dit « je ne puis » de nos jours, sérieusement ? Du bon langage signé de Faucigny qui prenait pour moi la forme d'un mépris de classe évident.

— Je t'écoute, mon frère, Philippe, dit Gaston sur un ton neutre.

— Mes frères, il pleut ! tonna-t-il comme s'il était l'acteur principal d'une pièce de théâtre.

Cette annonce météorologique parut mettre toute l'assistance en émoi puisqu'un brouhaha inquiet fit vibrer les nœuds papillon.

— Cet homme n'est pas des nôtres ! hurla-t-il en pointant vers moi un index accusateur. Il faut le tuiler !

Tous les regards se tournèrent vers moi. Je n'avais rien entravé de ce qu'il avait dit, mais il ne fallait pas être devin pour comprendre que j'étais très mal barré. Des salves d'adrénaline se diffusèrent dans tout mon corps alors que frangin canne-chandelier s'approchait de moi à pas lents. Pour le coup, il avait posé le porte-bougie, mais avait gardé la canne dont l'épaisseur me promettait de bonnes ecchymoses s'il avait l'intention de s'en servir contre ma personne.

Je réprimai un regard vers Gaston, mais un furtif coup d'œil sur le côté me confirma que son visage était déconfit.

— Quel âge as-tu ? demanda le type sur un ton autoritaire.

— Quarante ans et des brouettes, lâchai-je.

Gaston avait vaguement évoqué ces histoires d'âge durant ma formation express, mais il y avait trop à retenir pour que je ne fasse pas le tri dans les infos. Je savais bien que ma boutade ne ferait rire personne et qu'elle n'était certainement pas la réponse escomptée, mais dans une situation de stress aussi intense, un peu d'humour ne faisait jamais de mal. Remarquez, ces francs-macs étaient sur le point d'enterrer trois des leurs, ils n'étaient sûrement pas à la fête ce soir-là, qui plus est alors qu'ils venaient juste de se rendre compte qu'un traître agissait dans leurs rangs. J'aurais peut-être dû la boucler.

— D'où viens-tu ? continua l'autre.

— OK, abdiquai-je, je suis pas des vôtres, les amis.

Je ne sais pas si c'était leur tristesse qui s'était transformée en colère ou le fait d'être trahis qui les foutait en rogne à ce point, mais toujours est-il que trois d'entre eux me tombèrent sur le paletot et me traînèrent vers la sortie sous les huées de la foule. Avec quatorze ans de cabane dans les pattes, je sais normalement me démerder dans ce genre de situation, mais les trois gaillards qui me maîtrisaient étaient trop forts pour que je puisse faire quoi que ce soit. Je me laissai transporter comme un vulgaire fardeau jusqu'à l'entrée principale du bâtiment.

— Hé, attendez, les gars ! dis-je aux molosses. Vous allez pas me laisser sortir comme ça, non ? Vous voulez que toute la rue sache où se déroulent vos réunions de pingouins ?

Ils se toisèrent puis me fusillèrent du regard.

— J'ai toutes mes affaires au vestiaire. Laissez-moi au moins les récupérer, relançai-je.

— D'accord, répondit le plus costaud, on t'attend devant la porte. Dépêche-toi !

Ils m'accompagnèrent jusqu'au local et claquèrent la lourde derrière moi.

L'adrénaline sembla soudain envelopper tout mon cerveau. Il fallait que j'agisse vite et trouve quelque chose. En me changeant, je jetai des regards partout autour de la pièce et découvris une autre porte, au fond. Je m'approchai d'elle et actionnai la poignée. Fermée.

Soudain, je me rappelai le petit panier que les frères faisaient circuler entre eux avant d'entrer en loge pour y déposer portables, montres, gourmettes... et clefs !

Trois grands coups résonnèrent dans la pièce.

— Ça vient, oui ? beugla-t-on.

Je fouillai le panier et tombai sur un gros trousseau dont le porte-clef était à l'effigie de GD Securit. Bingo ! Les claves de Gaston !

Je retournai rapidement vers la porte du fond et fis plusieurs essais. Au bout du cinquième, la serrure se déverrouilla.

Alors que je franchissais l'embrasure avec la ferme idée de me tirer de là vite fait bien fait, un rictus apparut au coin de ma bouche et je coupai court à mes envies de jouer les filles de l'air. Je refermai la porte sans un bruit et revins sur mes pas auprès de mes geôliers.

— C'est bon, les gars, vous pouvez m'escorter vers la sortie !

Et en moins de temps qu'il ne faut à un député pour accepter un pot-de-vin, j'étais foutu dehors *manu militari*.

Au réveil, je me payais un casque de plomb carabiné. Le gin, c'était pas du tout mon truc. J'avais bu pour faire plaisir à Van Deren, mais à chaque verre, mon corps me suppliait d'arrêter là.

Une douche brûlante et le café infect de l'hôtel de Paris me ramenèrent à la réalité. Sur l'écran de télé au fond de la salle de petit déjeuner, une chaîne d'info en continu montrait les coulisses des préparatifs du grand débat qui allait prendre place avant le second tour des élections présidentielles. Le match Gabriel Laffont vs Jeanne de Lesquin semblait couru d'avance, la France ne voulait pas de l'extrême droite et elle allait voter en consé-quence. Pour ma part, je n'en aurais quand même pas mis ma main à couper. Partout dans le pays, les tensions sociales étaient palpables, et comme c'était beaucoup plus simple de trouver des boucs émissaires que d'essayer de réfléchir ensemble aux solutions, l'extrême droite ne s'embarrassait même plus avec les formes : c'était la faute aux musulmans. Un nouveau mot pour dire Arabe, en gros. À force de rabâcher ce discours depuis les années soixante, j'avais bien peur que ça commence à entrer dans le crâne des plus cons d'entre nous. Et c'est bien connu, les cons, ça vole en escadrille. Aujourd'hui, la taille de l'escadrille en question commençait à me foutre les miquettes.

Toute cette haine concentrée en un parti politique me fit soudain penser à notre blondinet de service, j'ai nommé frère de Faucigny. Avec toutes les péripéties de la veille, je ne devais pas oublier que ce bougre m'avait balancé en pleine tenue devant toute la loge. Et depuis, pas une nouvelle de Gaston... Bizarre.

Alors que sur l'écran, le candidat Gabriel Laffont répondait aux questions des journalistes concernant les meurtres en série qui s'étaient déroulés dans sa ville de cœur, je décidai d'appeler Oudin.

Après trois tonalités, il décrocha et parla immédiatement :

— Bordel, Romeo ! J'allais t'appeler !

— Mouais... T'avais perdu mon numéro ou quoi ?

— Je suis désolé pour ce qui s'est passé hier ! répondit-il, et son ton avait franchement l'air sincère. Tu comprends bien que je n'aie pas pu venir à ta rescousse, c'est moi qui t'avais fait entrer chez nous, j'aurais tout de suite été écarté de ma propre loge !

— T'as pu rattraper le coup ? dis-je, comme si j'en avais quelque chose à foutre.

— Après la tenue funèbre, on a organisé un conseil de l'ordre, une sorte de mini tribunal si tu veux. J'ai dû m'expliquer.

— Et ?

— Je me suis raccroché aux branches ! De Faucigny nous a sorti la thèse du journaliste infiltré, j'ai sauté sur l'occasion et je suis allé dans son sens. J'ai dit que je ne te connaissais pas très bien, que tu m'avais été recommandé par quelqu'un de confiance, des trucs dans le genre. Et c'est passé.

— Je suis content pour toi, mentis-je.

— Avec toutes ces histoires de meurtre, les frères ne sont pas rassurés et ils ont voté pour porter plainte contre toi au nom de la loge... Au moins, faire un signalement à la police.

Un nœud serra mon estomac déjà mal en point à cause du gin de la veille.

— C'est moi le véné[1] de la loge, reprit-il, c'est moi qui suis censé me charger de ça.

Il marqua une pause et comme je ne disais rien, il continua sur sa lancée :

— Je ne vais rien faire, évidemment.

Léger soulagement de ma part.

— Ça va encore t'attirer des emmerdes si ça se sait, rétorquai-je.

— T'inquiète pas pour ça, je dois quand même aller chez les flics, on a été cambriolés hier.

— Ah bon ? fis-je avec ma bonne vieille voix de braqueur.

— Oui, répondit-il sur un ton grave. J'ai peur que ce soit lié aux meurtres... Peut-être que le tueur cherche désespérément à déterrer quelque chose.

En dehors du fait qu'il ne pouvait pas savoir que c'était moi qui avais torpillé leur bouquin d'archives, Gaston avait néanmoins raison : quelqu'un semblait manifestement en quête d'informations à révéler au grand jour. Sur Gabriel Laffont avant le grand débat ? J'en étais désormais quasiment certain. L'étau allait se resserrer, l'appel aux urnes n'était que dans quelques jours, le meurtrier allait devoir agir vite s'il voulait avoir de l'influence sur le scrutin. Et peut-être qu'à ce moment-là, il commettrait une erreur.

— Tu crois que de Faucigny est celui qui a tout balancé à la presse ? relançai-je.

— Sincèrement, je ne vois que lui. J'ai diligenté une enquête en interne, mais je suis un peu parano en ce moment, j'ai peur des traîtres. On verra bien ce que ça donne.

— Méfie-toi de ceux qui pourraient être liés de près ou de loin à son parti. Et ouvre l'œil !

J'abrégeai la conversation et raccrochai.

· · ·

Comme j'avais grand besoin de faire un point sur l'affaire, je décidai de passer la journée dans un endroit familier : chez moi. Je pouvais difficilement piffrer le plumard de l'hôtel et je m'étais dit que ça me ferait du bien de retrouver un vrai lit pour y faire une sieste. De plus, j'avais pas mal de lessive à faire... Et puis, merde, je n'avais pas besoin de trouver d'excuses pour retourner au bercail !

La table au milieu de mon salon commençait à ressembler à un vrai bureau d'enquêteur. Mon ordinateur portable trônait au centre, l'écran affichant des dizaines d'onglets de recherche, le gros livre d'archives francs-macs sur la droite et les copies des dossiers de l'enquête éparpillées quelque part entre les deux. Je savourai enfin un bon café, ça m'aidait à réfléchir.

Je ne savais pas pourquoi, mais toute cette affaire m'intriguait au plus haut point. Elle me faisait l'effet d'un bon polar qu'on n'arrive pas à lâcher, car, au fond de moi, je sentais qu'il suffisait de pas grand-chose pour remettre les pièces du puzzle en place. Le côté politique de toute cette histoire prenait de plus en plus d'ampleur et il y avait fort à parier qu'il existait des secrets à déterrer.

Chez Amar Madani, on avait retrouvé le brouillon d'un e-mail destiné à des journalistes connus pour révéler des scandales. Pourquoi ? Ça aurait pu avoir un rapport avec Gabriel Laffont, mais il existait tout de même au sein de la loge des frères qui avaient des fonctions importantes au sein de la société civile, donc on ne pouvait pas exclure une autre piste que celle menant au candidat à la présidentielle. Le seul truc qui me faisait douter, c'était la clef USB avec les fichiers audio. J'imaginai que les flics n'avaient pas réussi à écouter leur contenu, sinon Van Deren m'en aurait fait part. Et s'ils contenaient des informations sulfureuses dites dans la confidence d'une séance de psy ? Là encore, les doigts pointaient sur le candidat Laffont, car selon ce que m'avait dit Gaston, il était un des patients de Janis Amsalem. Mais le psy n'avait pas que lui en consultation. Et si tout du long, nos regards s'étaient tournés vers le potentiel prochain président de la République parce que c'était là que ça brillait le plus, et qu'on en avait oublié de vérifier les pistes alternatives ? Une chose était sûre, le *modus operandi* du tueur avait tout pour faire les choux gras de la presse et j'avais même le pressentiment que tout avait été orchestré pour cette unique raison. Lorsque les fuites sur l'affaire avaient fait la une de presque tous les canards de l'Hexagone, j'avais compris qu'il fallait aussi creuser de ce côté-là. On en revenait toujours à la même question : à qui profite le crime ?

Je décidai de m'armer de patience et de plonger mon tarin dans les archives de la loge de Gaston. J'eus un vertige quand, sur la première page, je lus la date : 2005. J'allais me taper quinze piges de charabia franc-maçon alors que je ne savais même pas exactement ce que je cherchais ! J'étais devenu soit complètement fou, soit complètement con.

Au bout de quelques heures et un bon litre de kawa, j'avais déjà dressé une liste d'une cinquantaine de noms que j'avais cherchés sur Internet. Certains étaient totalement anonymes alors que d'autres venaient constituer un mélange hétéroclite d'hommes politiques, de chefs d'entreprise, de médecins, de chirurgiens et autres métiers du corps médical. Quelques journalistes aussi et, en tout cas, peu de garagistes et d'éboueurs. En faisant des recherches un peu plus approfondies sur la franc-maçonnerie, j'appris à mon grand étonnement qu'on ne pouvait être admis en tant que membre qu'avec un casier judiciaire vierge. Je me demandais comment Gaston avait réussi une telle prouesse. Peut-être n'avait-il tout simplement jamais été inquiété par la police ? Comme Perez... J'espérai sur l'instant que c'était là leur seul point commun.

J'inspectai une nouvelle fois ma liste et tentai de me faire des scénarios que Scorsese n'aurait pas reniés. Mais la triste réalité était beaucoup plus simple : je savais que dalle. C'était la brume totale, et contrairement à ma BMW, je n'étais pas équipé de feux antibrouillard.

Soudain, un léger bruit de froissement me tira de mes pensées. Telle l'apparition magique d'un lapin hors d'un chapeau, une feuille de papier pliée glissa dans l'interstice entre le seuil et la porte d'entrée. Une fraction de seconde plus tard, les pas de quelqu'un qui dévalait les étages en courant résonnèrent dans la cage d'escalier.

Pas besoin de coller aux basques de l'inconnu, je savais très bien qui m'envoyait ce nouveau message. J'approchai tranquillement de l'entrée, me baissai pour récupérer la missive et la lus.

Le salaud ne perdait pas de temps ! Le message était on ne peut plus péremptoire : « Rdv au spa de Lyon Plage, 19 h. Pas d'entourloupe, viens seul ». Je reconnaissais bien là mon ancien collègue, c'était la méthode qu'on utilisait à l'époque. Ne jamais laisser le temps aux autres de se préparer, de prévoir une échappatoire. C'était toujours comme ça qu'on fixait les rencontres, au dernier moment, sans sommation, ça tombait comme une lame de guillotine. Je relus les quelques mots et mon pouls accéléra. Est-ce que je devais prévenir Van Deren ? Le « viens seul » voulait tout dire, il ne fallait pas que je fasse le mariole. Perez était déjà au courant que je traînais mes guêtres chez les pandores, il serait ultra vigilant.

Rendez-vous au spa. Mon visage afficha un sourire qui s'éteignit aussitôt. J'allais revoir mon ancien coéquipier pour la première fois en quinze piges.

L'autoradio de la BM diffusait un morceau du groupe Magma à en faire éclater tous les carreaux. Un titre de plus de vingt minutes, complètement déjanté, chanté dans une langue inventée par ces tarés de l'époque : le kobaïen. Je n'avais jamais touché à la drogue à proprement parler (sauf la coke, mais la coke, c'est pas vraiment de la drogue, c'est juste un Guronsan un peu plus musclé), mais je me figurais qu'écouter un disque de Magma dans une bagnole lancée à fond la caisse à destination d'un rendez-vous qui pourrait me coûter la vie devait faire à peu près le même effet que du LSD.

Je longeai la Saône en direction de la ville de Caluire-et-Cuire et bifurquai sur la droite à la vue du grand parking du complexe hôtelier où se situait le spa. Je coupai la musique puis le moteur et restai quelques minutes assis derrière le volant, essayant de contrôler mon stress. J'étais un peu en avance et mon rythme cardiaque était bien trop élevé à mon goût. C'était pas une mauvaise idée de venir se relaxer ici, finalement.

Entre deux tentatives de jouer les maîtres zen, je vis un SUV noir débouler sur une place située à quelques mètres de moi. Deux molosses du type de ceux qui ont vu la mort de près en ex-Yougo-

slavie dans les années quatre-vingt-dix s'extir-
pèrent péniblement de la tire. Leur collant aux
basques, un gonze de taille moyenne, la petite
cinquantaine, se dirigea vers l'entrée du spa. Mon
cœur manqua un battement, j'avais dans mon
viseur mon ancien collègue, mon ex-boss et mes
futures emmerdes : Antoine Perez.

Ce gap de quinze piges avait fait quelque peu
blanchir ses cheveux et sa barbe, et il se tapait une
toison poivre et sel qui lui donnait une allure
générale plus mature, voire plus sage. Ses yeux de
cocker alourdis par des cernes qui semblaient
porter la misère du monde et son visage bronzé
toute l'année accentuaient son air méditerranéen.
Je n'arrivai pas à décider s'il était celui d'un
mafieux légendaire qui a traversé les âges avec
classe ou celui de l'épicier du coin qui peinait à
cotiser pour sa maigre retraite. En gros, une
tronche entre Al Pacino sur le retour et Ali de
retour du bled.

Je bondis hors de la BM et l'interpellai avant
qu'il entre dans le bâtiment :

— Tony !

Ses deux sbires se mirent sur le qui-vive et
Perez se retourna. Il écarquilla ses yeux de fouine
et esquissa un sourire malsain.

— J'étais persuadé que tu ne viendrais pas,
lança-t-il.

Je ne répondis pas et m'approchai, ses deux
chiens de garde resserrant les rangs devant lui.

— On parlera après, dit-il en pénétrant dans l'hôtel.

Perez avait tout prévu.

On nous a amenés dans des vestiaires privés et les molosses se sont occupés de garder mes affaires dans un casier. J'ai dû me dessaper entièrement et quand je suis sorti de la cabine, seule une serviette à l'effigie du spa couvrait mon intimité. Nous nous dirigeâmes vers un sauna qui fut vidé par un employé de son seul occupant : un vieil homme tout rabougri qui ne protesta même pas qu'on l'arrache à son seul moment de plénitude de la journée. En même temps, à la vue des deux Européens de l'Est, on pouvait difficilement rechigner à faire quoi que ce soit qu'ils nous demandent de faire.

L'astuce était maligne. Habillés seulement d'une serviette éponge, pas moyen de dissimuler une quelconque arme ou un quelconque mouchard.

Au bout de quelques secondes, la chaleur enveloppa tout mon corps comme si le diable me caressait. Pas étonnant, puisqu'il était assis à côté de moi.

— Tu t'es bien entretenu, lâcha-t-il en reluquant mon torse.

— C'est l'effet zonzon, ça, tu peux pas connaître, répondis-je avec aigreur.

Son regard s'illumina et je vis dans la minuscule grimace qui fit plisser le coin de ses yeux un sourire.

— J'espère que tu m'en tiens pas pour responsable, quand même ?

— Je sais pas... Je trouve ça juste étrange que je sois le seul à être tombé.

— Il y a toujours eu une petite part d'imprudence dans tout ce que tu faisais, je ne suis pas étonné que ça ait fini par te nuire.

Un frisson me parcourut la colonne vertébrale et je me vis lui sauter dessus pour lui boxer le visage jusqu'à ce que la facture de son dentiste atteigne le PIB de l'Espagne. Derrière la porte transparente en verre fumé, l'ombre des deux gros bébés de cent kilos chacun m'en dissuada.

— Et pourtant, tu as remarqué que j'ai tenu ma langue pendant tout ce temps, alors que si j'avais jacté, j'aurais gagné dix ans de liberté.

Il tourna le visage vers moi et enfonça son regard dans le mien. Ses yeux me transpercèrent comme deux couteaux à la lame affûtée.

— Et tu as remarqué que tu as été traité comme un prince pendant tout ton séjour, en signe de reconnaissance.

C'était vrai. J'avais cantiné comme un pape et les détenus les plus dangereux avaient gentiment été écartés, et par gentiment, je veux dire que certains d'entre eux ont reçu deux ou trois coups bien placés de brosse à dents taillée en pointe. En gros, j'avais passé quatorze années peinard. Mais quatorze années derrière les barreaux, pendant que lui respirait l'air pur de l'extérieur.

— Alors, pourquoi tu m'en veux, Tony ? Qu'est-ce que tu cherches ? Tu vois bien que je suis rangé des bagnoles, je ne veux plus être mêlé à tout ça. C'est derrière moi désormais.

— J'aimerais bien te croire, mais dans ce cas, qu'est-ce que tu fous à t'acoquiner avec les poulets, hein ? Tu m'as coûté un bras sur la dernière opération que tu as fait foirer.

— T'as touché à ma fille, tu ne m'as pas laissé le choix.

Il soupira puis répondit :

— Tu vois, c'est ça, le problème avec toi, Romeo. C'est toujours cette petite part d'imprudence en toi qui te joue des tours. Pourquoi tu crois que j'ai pas de gosses, hein ? On est des bandits, Romeo, on est en marge de la société, on fait un métier dangereux, on doit être sans arrêt sur nos gardes, être forts, plus forts que les autres, sinon c'est la chute. Avoir une femme qu'on aime, des enfants, un chien même, ça rend les hommes faibles, c'est pas des trucs pour nous, ça. Ta gosse t'a donné quelque chose à perdre, et ça, c'est le début de la fin.

— Je préfère avoir quelque chose à perdre qu'être comme toi et n'avoir rien à gagner.

— On ne sera jamais d'accord, qu'est-ce que tu veux que je te dise ? dit-il en levant les yeux en l'air.

— Pourquoi t'as fait tout ça, Tony ? Pourquoi

tu t'en es pris à ma fille, à mon père ? Pourquoi tu me laisses pas dans mon coin ?

— C'est comme les vaccins, Romeo. De temps en temps, il faut faire des piqûres de rappel. Il fallait que tu comprennes que ton monde, c'est celui des braqueurs, des voleurs, des hors-la-loi et que t'as beau essayer de te racheter une virginité en flirtant avec la police et avec cette rousse, n'oublie jamais que pour ces gens-là, tu seras toujours un Brigante, celui qui a fait le casse du siècle et passé quatorze années derrière les barreaux. T'as plus de chances de trouver une machine à remonter le temps pour effacer tes péchés que d'y arriver en jouant les citoyens modèles aux yeux de la société.

— Qu'est-ce que tu veux, alors ? demandai-je avec un ton implorant que je détestai immédiatement.

— Tu m'as coûté un saladier, Romeo. J'ai beaucoup de frais, tu sais, j'aurai toujours besoin de fric. Toi, t'as planqué ton magot dans le coffre d'une bagnole pendant presque quinze ans ; moi, j'ai passé tout ce temps à le dépenser, ce fric. Que veux-tu, l'argent, ça brûle les doigts, c'est pas à toi que je vais apprendre ça.

— Ce flouze, c'est *ma* part, je l'ai durement gagnée et j'ai même payé de ma liberté pour ça, je pense que tu peux comprendre que je le mérite.

Il gratta sa barbe noir et blanc et quelques gouttes de sueur tombèrent sur le sol en bois. Les

quelques taches humides s'évaporèrent instantanément.

— Je te l'accorde. J'ai changé mon fusil
d'épaule à ce sujet, d'ailleurs. Je n'en veux plus à
ton fric, j'ai agi sous le coup de la colère et tu vois,
le ciel me l'a rendu. Tu as récupéré ton pognon,
non ? Par contre, tu m'en dois une, Romeo, je ne
l'oublierai pas, je...

— Tu veux quoi de moi ? le coupai-je,
impatient.

— Je ne sais pas si je peux te faire confiance.
Maintenant que tu sais que tu as une fille, elle
passera forcément avant tout. Quel père ne franchirait pas toutes les limites pour son enfant ?

Il secoua la tête et reprit :

— Non, Romeo, je ne sais pas si je peux te faire
confiance, mais un jour viendra et tu devras me
rendre la pareille. J'ai dans l'idée de monter une
grosse opération et je pense que tu pourras m'être
utile...

— Putain, Tony, tu veux pas juste me lâcher la
grappe et disparaître ?

— Si tu n'avais pas fait capoter mon précédent
plan, on n'en serait pas là, j'ai besoin de me
refaire.

— Tu viens de me dire que tu n'en voulais
plus à mon fric, tu perds la boule, mon pauvre
vieux.

— C'est vrai. Je trouve que c'est injuste de te
faire me rembourser avec le magot que t'as réussi
à garder au chaud pendant toutes ces années.

C'est pourquoi tu vas m'aider à gagner du fric et on sera quittes.

Il marqua une pause et murmura :

— Mais c'est ta proximité avec les flics qui m'inquiète...

Je décidai de jouer mon seul as de la partie.

— Tony, dis-je sur un ton plus grave, tu ne crois pas que tu serais déjà entre quatre murs si j'avais dit quoi que ce soit qui puisse te compromettre ?

Un long silence. Chaque inspiration me cramait la trachée. Les Scandinaves avaient décidément une notion bien à eux de la relaxation.

Perez se leva, fit quelques pas vers la porte puis se tourna vers moi.

— J'ai envie d'un clope. Viens, on va prendre l'air, cette chaleur va me faire caner.

Les deux brutes épaisses nous fournirent des peignoirs confortables aux broderies cossues et nous nous dirigeâmes tous vers la partie extérieure du spa. Devant nous, une immense piscine rectangulaire au design rappelant celui des années trente s'étirait de tout son long. Derrière, la colline de la Croix-Rousse prenait naissance et s'élevait au-dessus de la ville. Le panorama n'était pas dégueulasse, dommage que je sois en mauvaise compagnie.

L'Espingoin désigna une table au fond sur une terrasse surélevée faite de bois exotique. Nous nous installâmes et je le regardai se faire allumer une cigarette par un de ses valets.

— Je te comprendrai jamais, Romeo, dit-il en crachant sa fumée. T'étais le meilleur d'entre nous, t'as ça dans le sang ! Au fond de toi, tu sais très bien que quoi que tu fasses, il n'y aura pas de rédemption possible pour toi.

— T'exagères, j'ai buté personne ! Je touche qu'à l'argent, pas aux stups, pas aux filles, ni aux contrats d'exécution. C'était notre pacte.

— Là-dessus, j'ai pas bougé non plus, répondit-il.

Je ne savais pas si je pouvais le croire : j'avais entendu qu'il avait ouvert une sorte d'agence de michetonneuses de luxe. La traite des êtres humains, c'est pas du tout mon délire.

— Je comprends pas comment t'as pu basculer de l'autre côté, c'est tout, reprit-il en tétant sur sa tige.

— Je suis passé par la case prison, tu sais, comme au Monopoly.

Il resta silencieux. Esquissa un sourire.

— Tu peux me dire ce qu'on fait ici ? repris-je de mon ton le plus sérieux.

Perez tourna ses yeux noirs vers moi. Son regard ténébreux me transperçait de toute part.

— Je voulais qu'on se voie pour que tu saches que j'ai mis de l'eau dans mon vin. Je ne t'en veux plus. Tu as raison, ton fric, tu le mérites, alors je vais te le laisser. Je suis venu te dire que tu n'entendras plus parler de moi jusqu'à nouvel ordre. Tu peux dormir sur tes deux oreilles, je veillerai personnellement à ce que tu n'aies pas d'emmerdes, ni avec Benacer et sa bande, ni avec personne ! En revanche, un jour, je vais réapparaître dans ta vie et tu devras me filer un coup de main. Comme je te l'ai dit, je prépare un gros coup et toi seul pourras m'aider. Tu comprendras quand le jour viendra.

OK, il ne me lâcherait donc jamais. Je connaissais Perez par cœur, je savais qu'il tiendrait sa promesse, mais je savais aussi que c'était une façon pour lui de me dire qu'il me tenait par les couilles et qu'il pouvait faire ce qu'il voulait de moi.

— D'accord, Tony.

Quoi ? Vous me jugez ? Qu'est-ce que je pouvais répondre d'autre ? J'en avais ma claque de dormir dans une turne de cinq mètres carrés dans un hôtel, je voulais rentrer chez moi, je voulais dormir dans mon lit et ne plus penser à rien. S'il devait revenir un jour vers moi, qu'il le fasse, on verrait bien à ce moment-là.

Il tira une dernière latte, jeta son clopot d'une chiquenaude et se leva. Ses deux chiens de garde accoururent vers lui et il se pencha pour m'adresser ses derniers mots :

— Cet espace est privatisé pour encore une heure. Profites-en. Moi, il faut que je file. Je ne te serre pas la main, mais le cœur y est.

Les lattes de la terrasse en bois grincèrent sous le poids du petit groupe alors qu'il s'éloignait derrière moi. Emmitouflé dans mon peignoir qui sentait la vanille, je restai assis, le regard dans le vide, ne sachant pas trop quoi penser de tout ce qui venait de se passer. Une seule phrase tournait en boucle dans ma tête : *Quel père ne franchirait pas toutes les limites pour son enfant ?* Une phrase qui voulait tout dire, qui allait tout expliquer.

Je faisais les cent pas autour de la table de mon salon, comme un lion en cage, et en termes de cages, j'en connais un rayon. Je pensais à Léo, au fait d'être père, de tout ce que ça impliquait. Perez avait raison, les darons seraient sûrement capables de beaucoup de choses pour leur progéniture. Pas tous, soit, mais la plupart, si. Jusqu'où moi-même j'étais prêt à aller ? On ne peut pas dire que mes limites étaient bien étroites, mon pedigree pouvait en attester, mais aurais-je été capable de tuer pour elle ? Elle qui n'était peut-être pas ma fille...

Ne tenant plus, j'envoyai un SMS à Van Deren, lui demandant de me rappeler au plus vite. Quelques minutes plus tard, mon téléphone vibrait :

— Qu'est-ce qu'il y a ? cracha-t-elle sans préambule, de la détresse dans sa voix.

— Levée du mauvais pied ? rétorquai-je sur un ton sarcastique.

— Tu as vu le ton de ton message ? Tu me files des angoisses ! C'est urgent ? Qu'est-ce qu'il y a ?

— Si je vous lâche un nom, vous pouvez me sortir un dossier ? demandai-je.

Je ne pouvais pas voir l'expression de son visage, mais dans le court silence qu'elle laissa avant de répondre, je sentis qu'elle était intriguée.

— Ça dépend. Qu'est-ce que t'entends par *dossier* ? Tu veux des infos sur quelqu'un ?

Je m'étais creusé la cervelle pour retrouver un prénom que m'avait lâché Gaston au gré de nos conversations et après avoir fait huit fois le tour de la table du salon en traînant les panards, je l'avais enfin retrouvé.

— C'est exactement ça. Martin Dufresne. Le fils de Gaston. Vous pouvez me sortir des trucs ? Et si vous trouvez rien, essayez avec Martin Oudin.

— En quoi ça concerne notre affaire ? grogna-t-elle.

— Je suis pas sûr... J'ai un pressentiment, y'a un truc qui me gratte et je dois aller jusqu'au bout de cette piste.

— Et ça t'est venu comme ça, d'un coup ? s'interrogea-t-elle.

Je marquai une pause. Elle m'avait l'air récalcitrante. Je voulais lui dire que j'avais enfin eu un rendez-vous avec Perez, pour l'amadouer, pour qu'elle arrondisse les angles, mais elle aurait pris ça pour du chantage. Il fallait qu'elle accède à ma requête sans que je sois obligé d'utiliser mon va-tout.

— Dites-moi juste si vous avez des infos sur le fils d'Oudin. Si y'a rien, je vous laisserai bosser de votre côté. Je suis triquard maintenant, je peux plus faire grand-chose sur cette affaire.

Elle souffla puis je l'entendis griffonner.

— J'ai cinq minutes devant moi, me dit-elle sur un ton plus calme. Je vais regarder ça, je te rappelle dans la foulée.

Elle raccrocha.

J'eus à peine le temps de faire infuser mon café que la commandante me rappelait déjà. Mon cœur manqua un battement.

— Alors ? lâchai-je en décrochant.

— Ton Martin Oudin est mort il y a quatre ans.

Mort ? Le mot résonna dans mon crâne comme une déflagration de flingue.

— Banal accident de voiture sur une route des monts d'Or. Ça serpente pas mal par là-bas, le gamin a fait une sortie de route. En même temps, son permis de conduire n'était pas bien vieux...

— Quel âge, le gone[1] ? la coupai-je.

— Dix-neuf ans. C'est triste.

— C'était quoi, les circonstances ?

— T'es bien curieux, Brigante ! dit-elle sur le ton condescendant qu'elle utilisait parfois avec moi et qui avait le don de me les briser menu.

Elle marqua une pause. J'entendis des clics de souris puis un soupir.

— Le rapport est chez les gendarmes. Mais

comme je te l'ai dit, rien de plus banal. Un jeune peu expérimenté, une sortie de route. Ça arrive tous les jours.

Parfois, sa froideur était telle que je me demandais si elle pissait des glaçons.

— Y'a trois ans, vous dites, donc ?

— Oui, le 24 juin 2017 pour être précise.

Je me répétai la date en silence pour ne pas l'oublier.

— J'ai du boulot, Brigante, t'as besoin d'autre chose ? Un dossier sur une ex ? Sur l'épicier de ton quartier ?

Je lui raccrochai au nez et regrettai immédiatement mon geste. Si elle était mal lunée, elle allait me le faire payer. Mais tous mes sens étaient en alerte et focalisés sur cette nouvelle information. Le môme de Gaston avait passé l'arme à gauche il y avait de ça quatre piges et pourtant, quelque chose ne collait pas avec cette histoire. Des détails que je devais aller chercher au plus profond de mes cellules grises comme un mineur qui part risquer sa vie pour la pépite qui le rendra riche.

Y'avait quelque chose de pas clair. Pourquoi ? J'avais l'impression qu'on essayait de me forcer à mettre des carrés dans des ronds.

Je versai mon kawa fumant dans une tasse et m'assis, le regard dans le vide. Je bus une gorgée et soudain, j'eus une illumination. La caféine ? Allez savoir !

Une photo du fils de Gaston défila devant mes yeux, exposée fièrement dans son cadre au centre de la bibliothèque du salon. C'était précisément quand je l'avais vue pour la première fois que j'avais demandé à mon ancien collègue s'il avait des enfants. J'étais en telle panique à l'idée de faire ce test de paternité que mes pensées étaient accaparées par ça, en permanence. J'avais sûrement besoin de parler à quelqu'un qui comprendrait ce que c'était d'être père, car moi-même, je ne pigeais que dalle à l'affaire. J'avais juste été parachuté dans le pays des darons sans aucun visa ni carte du territoire.

Et puis quelque chose avait changé, un détail, encore une fois, mais un détail qui avait, je le savais désormais, toute son importance. Lorsque Gaston avait réuni tous ses frangins francs-macs chez lui pour une réunion de crise, le salon n'avait pas été exactement le même. Évidemment, on avait déplacé tous les meubles et essayé de pousser les murs en espérant faire rentrer tout ce beau monde, mais ce n'était pas ça qui avait constitué le plus grand changement. Non.

Quand j'avais fait un tour d'horizon de la pièce du regard, toutes les photos souvenirs de Gaston étaient toujours bien sagement disposées sur les étagères de sa bibliothèque, mais une manquait : la seule où on voyait son fils, Martin.

Pourquoi ? Pourquoi retirer ce cliché, sinon parce que l'histoire qui y était rattachée devait rester secrète ? En tout cas auprès des membres de sa loge. Je me sentis tout à coup tel un chien truffier qui renifle le bord des chemins à la recherche de l'or noir. Mon sentier mental zigzaguait à m'en foutre le tournis, mais je progressais dans mes souvenirs. Je fermai les yeux et revis ma première soirée en franc-maçonnerie, aux agapes après ma première tenue.

On avait parlé de gosses, du fait que leur éducation était compliquée, de l'éternelle confrontation entre les anciens et les modernes, et l'un des frangins avait soudain lancé à Gaston qu'il avait de la chance de ne pas en avoir. Des enfants. Et Oudin avait juste esquissé un sourire contrit.

C'était donc ça, son secret : personne ne savait parmi ses frères qu'il avait eu un fils. La même question tournait en boucle dans ma tête : pourquoi ? Pourquoi cacher ce fait ? La douleur était-elle trop lourde ? Il ne voulait peut-être pas ressasser le passé continuellement et rouvrir une blessure douloureuse à chaque évocation de Martin ? Possible.

Soudain, le plateau de bois trembla à plusieurs reprises. Je tendis une main vers mon téléphone portable et inspectai l'écran. Mon cœur fit un bond. Léo venait de me laisser plusieurs SMS.

« Dsl pour le bordel que j'ai laissé. »

« T'aurais pu appeler qd même. »

« Jte fais la gueule, OK. Mais c pas une raison. »

Mes doigts fébriles pianotèrent une réponse sibylline :

« J'ai une affaire à régler, mais ne t'inquiète pas, je reviens vers toi très vite. »

Je cherchai un de ces pictogrammes pour ponctuer ma phrase, mais je ne trouvai rien d'approprié. Après avoir appuyé sur « envoyer », je regrettai instantanément mon message. On aurait dit un truc qu'on dit à un collègue de boulot. « Je reviens vers toi très vite »... Mais quel con ! Qui parle à sa fille comme on parle à la nana de la compta ? Mon cœur s'emballa lorsque mon mobile vibra de nouveau. Léo n'allait pas me rater, j'en avais la certitude.

Un sourire niais me barra le visage. Elle avait répondu un simple bonhomme jaune qui sourit. Peut-être que je n'étais pas si nul après tout.

Je bus une nouvelle gorgée de café et plissai les yeux. Le vieux livre d'archives de la loge de Gaston trônait au milieu de la table, devant moi, et la soudaine envie de vérifier quelque chose à l'intérieur me reprit.

24 juin 2017.

Je compulsai le bouquin à la vitesse de l'éclair et tombai sur la date en question. Les frères de la loge d'Oudin avaient donc eu une tenue ce jour-là. Mon pouls accéléra.

À l'aide de mon doigt, comme le font les gosses de classe élémentaire quand ils lisent leurs premiers textes, je parcourus le charabia incompréhensible du texte d'introduction.

La suite me glaça le sang.

Pour fêter la Saint-Jean d'été, toute la loge s'était déplacée dans une dépendance du vieux château de Saint-Cyr-au-Mont-d'Or pour y assister à une tenue spéciale. Une sorte d'événement hors les murs, en gros.

Un frisson me parcourut l'échine comme si des milliers d'araignées glacées remontaient ma colonne à toute vitesse. La liste des frères présents me fit froid dans le dos.

Ils étaient tous là.

Gaston Dufresne, Amar Madani, Janis Amsalem, Pascal Danglert, Philippe de Faucigny. Mais un nom concentra toutes mes craintes et me fit frapper du poing sur la table : Gabriel Laffont.

Je bondis hors de ma chaise et me précipitai dans le couloir qui menait à ma chambre. Je déboîtai une latte du parquet pour révéler une cache secrète. Je plongeai ma main à l'intérieur et me saisis d'un objet long et métallique.

Mon fusil à pompe au canon scié allait s'avérer un parfait compagnon de route.

Je partais rendre une petite visite de courtoisie à Gaston.

35

Retour en trombe dans ma caisse. Pas le temps de choisir un album, c'était la radio qui allait accompagner mon trajet à toute vitesse à travers les rues de Lyon. L'adrénaline se diffusait dans toutes les parties de mon corps, mon cerveau tournait à plein régime et je me refaisais le film de ces derniers jours comme un metteur en scène sous amphétamines.

Un flash info attira mon attention. Le débat télévisé entre Gabriel Laffont et Jeanne de Lesquin allait se tenir sur TF1 le lendemain soir à 20 h. Je repensai aux trois frangins de la loge de Gaston qui avaient tous un rapport avec le candidat à la présidentielle. Quels secrets pouvaient-ils bien connaître de l'homme politique ? Et est-ce que ça aurait une quelconque incidence sur le scrutin du second tour ?

Tant de questions se bousculaient dans mon esprit que je faillis percuter un scooter qui braquait à droite juste devant moi. Je fis une embardée sous les klaxons véhéments des autres voitures derrière moi. Ironie du sort, je repensai au fils de Gaston qui était mort dans un accident de la route. Le même soir que leur tenue de la Saint-Jean d'été et surtout, dans le même patelin. Impossible que ça ait été une coïncidence, ou alors, il aurait sérieusement fallu que je revoie ma défense au tribunal. *Moi ? Au même endroit, au même moment que le braquage du casino du Lyon Vert ? Coïncidence, Monsieur le Juge !*

Quelque chose dans les tréfonds de ce tumulte d'informations cherchait à pointer le bout de son tarin. Quelque chose grattait, piquait, titillait. Mais pas moyen de savoir quoi...

Et puis soudain, alors qu'au bout de la rue, encadrée par les bords de mon pare-brise comme une photo mise sous verre, l'enseigne de la société de Gaston apparaissait, naquit au même moment au milieu de mes neurones encore vigoureux la possibilité d'une explication.

Je me garai en hâte sur le parking, coupai le son de la radio et appelai Van Deren.

— Quoi, encore ? grogna la commandante.

— J'ai besoin de toute votre attention le temps de quelques minutes, dis-je.

Elle dut sentir la détresse pointer dans le fond de ma voix, car elle marqua un temps puis changea de ton directement.

— Fais le plus vite possible, dans ce cas...

— La mort de Pascal Danglert, vous avez une heure précise ?

— Je sais plus, Brigante souffla-t-elle. Attends, je repasse devant mon bureau, je vais te dire ça. Pourquoi tu veux savoir ?

— C'est primordial, ça peut tout changer...

À l'autre bout de la ligne, j'entendis des bruits de pas, des grésillements, des voix masculines au loin puis le froissement de papiers.

— Alors... Danglert, Danglert, Danglert... Ah ! Ça y est. Entre 20 h et 22 h. Ça te va ? Maintenant, à ton tour de parler !

Je me grattai le sommet du crâne. C'était ça qui ne collait pas. Ce soir-là, Gaston et moi avions bouffé ensemble dans un resto du vieux Lyon. On s'était retrouvés vers 20 h et on ne s'était pas quittés de toute la soirée jusqu'à ce que Van Deren m'appelle.

— Brigante ? gueula-t-elle.

— Ça colle pas...

— Qu'est-ce qui ne colle pas ? intervint-elle avec le ton désagréable que je lui connaissais bien.

Je ne répondis pas immédiatement et plissai les yeux, comme si ça m'aidait à penser plus vite, puis je repris :

— Comment vous en êtes arrivés à établir cette plage horaire ?

— D'après le légiste, la mort par hémorragie est survenue dans une fourchette située entre 18 h et 22 h, mais après vérifications, Danglert était encore vivant à 20 h 12 précises ; faut pas être un génie pour faire le calcul ! Il a donc été assassiné entre 20 h 12 et le moment où on a trouvé le corps, à peine quelques minutes avant que je t'appelle.

— Comment vous pouvez savoir qu'il était vivant à 20 h 12 ? demandai-je, interloqué.

— Tu me gonfles, Brigante ! Pourquoi tu veux savoir ça ? Me fais pas un coup dans le dos parce que tu sais très bien que je te tiens par les c...

— Dites-moi seulement comment vous avez eu l'info.

— 20 h 12, c'est l'heure où Danglert est rentré chez lui. On le sait parce que c'est le moment où il a désactivé l'alarme de son appartement.

Un frisson électrique parcourut mon échine. Mon regard se tourna vers l'enseigne : GD Securit. Gaston Dufresne, spécialiste des portes blindées... et des alarmes ! Gaston Oudin, le mec qui pouvait désactiver n'importe quel système de sécurité pourvu qu'il soit électronique... Oudini, qui avait tripoté son téléphone pendant notre repas avec un air inquiet... vers 20 h...

Je raccrochai sans demander mon reste et sortis en trombe de ma BM. Avant de refermer la portière, je jetai un coup d'œil à mon fusil à pompe et secouai la tête.

L'instant d'après, j'entrais chez GD Securit comme on entre dans un saloon, les portes-revol-vers en moins.

— Gaston ! gueulai-je à travers l'immense espace sans me soucier de la présence de clients. Gastooooooooon !

Ce dernier appel avait fini en un grognement bestial.

Personne en vue à part sa blonde qui accourait vers moi, l'air bien décidée à me faire cesser ce raffut.

— Ça va pas, de crier comme ça ? Vous vous croyez où ?

— Où est Gaston ?

— Il n'est pas là.

— Je vois bien qu'il est pas là ! Il est où ? crachai-je entre mes dents.

— Sortez avant que j'appelle la police ! rétorqua-t-elle en m'indiquant la sortie de l'index.

La police. Le mot magique pour calmer un gonze en liberté conditionnelle. Le carton rouge en plein match.

— Tant pis, je vais l'attendre chez vous ! tonnai-je en faisant demi-tour.

— Vous ne trouverez personne, il a quitté Lyon, répondit-elle.

Je pressai le pas vers l'extérieur sans même lui adresser un regard.

Pourquoi prendre la peine de me dire ça ? J'étais encore plus convaincu qu'il était chez lui.

36

Je débarquai devant chez Oudin et déballai le fusil à pompe du sac plastique qui l'entourait. Sa femme avait dû le prévenir entretemps et je ne voulais pas prendre le risque qu'il puisse m'échapper.

J'actionnai la poignée, la porte s'ouvrit. J'armai mon feu et progressai à pas lents dans l'intérieur de l'appartement.

— Gaston ! beuglai-je, mon cri se réverbérant dans un couloir qui menait à sa chambre.

J'entendis des bruits feutrés. Je pointai le fusil loin devant moi et fis valdinguer la porte d'un coup de pied.

Au milieu de la pièce, un lit sur lequel trônait une valise ouverte. Au fond, une armoire dont les deux portes étaient équipées de miroirs. C'est dans le reflet de l'un d'eux que je vis, trop tard, la silhouette de Gaston qui me jetait une chaussure au visage.

J'amortis le choc d'un coup de coude, ce qui laissa assez de temps à ce bougre pour me sauter à la gorge et me faire perdre mon équilibre. Nous tombâmes tous les deux au pied du lit, le pompe glissa sur le sol, bien trop loin de la débâcle.

Première mandale dans la mâchoire. Pas évident à encaisser, surtout compte tenu de l'effet de surprise, mais j'en avais vu d'autres et ce n'étaient pas les petits poings de Gaston qui allaient me déstabiliser. J'envoyai rapidement mon genou dans les parties précieuses de mon assaillant, qui couina comme un chien qui se fait rouler sur la queue par un gamin en vélo. Je tendis mes bras avec vigueur pour repousser son buste et propulser l'ami Oudin sur le sol. L'arrière de son crâne vint dire bonjour à un des angles du sommier et les salutations ne furent pas courtoises. Deuxième cri aigu. Gaston s'étala au sol dans une grimace de douleur, ne sachant plus à quel endroit la souffrance était la plus forte : les glaouis ou la caboche ?

Je profitai de l'hésitation pour tendre le bras vers mon fusil. Trop court. Gaston déplia sa jambe et abattit violemment son talon sur ma main. À mon tour de grogner. La douleur était si intense que je pouvais sentir mon cœur battre jusqu'au bout de mes doigts. Si je ne m'étais pas déjà fracturé le métacarpe par le passé, j'aurais pu jurer sur l'instant que ce salaud m'avait pété la paluche.

Je secouai la tête pour me remettre les idées en place, mais Oudin s'était déjà jeté sur ma gorge qu'il serrait de toutes ses forces. Je lançai mon poing valide dans son dos, mais le manque d'oxygène commençait à se faire sentir et ma force vitale semblait s'échapper aussi vite que l'air d'un vieux pneu crevé. Un voile noir embuait ma vision et je sentais que je n'allais pas tarder à basculer vers l'Orient éternel, comme aurait dit l'autre. Le dos plaqué au sol, tout le poids de Gaston sur ma trachée, je cherchais néanmoins à tâtons, de mes doigts blessés et ankylosés, l'arme salvatrice.

Soudain, du bout de l'index, je sentis le métal froid du canon. Une lueur d'espoir, un dernier souffle de vie. Je puisai dans mes ultimes ressources et empoignai le fusil à pompe. Dans les yeux exorbités et injectés de sang de Gaston, je pus sentir que ma fin était proche. Mon visage écarlate et l'écume au coin de ma bouche lui firent relâcher quelque peu la pression. Pas beaucoup, mais cette infime différence me suffit pour prendre une goulée d'air pur et frapper le crâne de l'étrangleur de toutes mes forces avec la crosse du pompe.

Oudin s'effondra sur le sol comme une vulgaire poupée de chiffon. K.O. Je me demandai même sur l'instant si je ne l'avais pas tué, mais lorsqu'il poussa un râle étouffé au moment où sa tête frappa le parquet, je compris qu'il était juste dans le coaltar.

J'emplis plusieurs fois mes poumons au maximum et me relevai d'un bond. Chute de tension, guiboles en mousse. L'afflux soudain de sang faillit bien me faire perdre l'équilibre. Gaston toujours dans les vapes, je ramassai mon arme et la pointai sur lui, attendant avec impatience qu'il ouvre les yeux et qu'il fasse connaissance avec mon comité d'accueil. Mon vœu fut exaucé une longue minute plus tard.

Alors qu'il reprenait doucement ses esprits, je repérai dans la valise ouverte une carte rectangulaire plastifiée à l'effigie du logo de TF1. Une accréditation pour pouvoir assister au débat télévisé d'entre deux tours.

— On monte à Paname, mon Gaston ? demandai-je, encore essoufflé.

Il serra les dents et fit une tentative pour s'asseoir dignement, le dos contre le mur.

Le silence s'invita dans la chambre.

Après quelques longues secondes, je repris :

— Tu voulais faire quoi ? Buter Laffont ? T'en as pas l'envergure, mon pauvre vieux.

— Si tu savais... répondit-il, le regard dans le vide.

Mon portable vibra dans ma poche. Étant à bonne distance de Gaston, je m'autorisai à jeter un œil à l'écran. Van Deren.

Déjà le troisième appel, apparemment. Les autres avaient dû être passés pendant la baston. La commandante ne lâchait donc jamais le morceau. Je lui avais raccroché au pif et elle n'avait pas apprécié. Je laissai ma messagerie prendre la commission.

— Martin, lâchai-je de but en blanc. La nuit de la Saint-Jean. Tu me mets au parfum ?

Il releva la tête et écarquilla les yeux.

En plein dans le mille.

— Quoi ? Mais comment...

— T'occupe. Raconte à tonton, le coupai-je en ajustant le fusil à pompe.

— Qu'est-ce que tu sais ?

— Presque tout, mais c'est ta version qui m'intéresse.

Je prêchai le faux pour savoir le vrai, ça ne mangeait pas de pain, et puis j'étais du bon côté du flingue. Mon portable vibra une nouvelle fois. Je l'extirpai de ma poche, inspectai l'écran et le lançai sur le lit dans un geste agacé.

— Allez, parle Gaston ! dis-je avec fermeté.

Il plongea la tête dans ses mains et laissa couler ses larmes. Je lui accordai quelques secondes de répit avant de le relancer :

— J'ai une fille, tu sais. Et s'il devait lui arriver quelque chose, je ne sais pas de quoi je serais capable.

Il renifla, s'essuya avec la manche de sa chemise et leva le regard vers moi. Ses yeux étaient injectés de sang.

— Tu me comprends, alors ? souffla-t-il.

— Explique-moi d'abord, répondis-je. Qu'est-ce qui s'est passé ce jour-là ?

Un soupir. Une pause. Puis il commença :

— C'était le soir de la Saint-Jean d'été. Avec tous les frères de la loge, on s'était réunis dans une dépendance du château de Saint-Cyr-au-Mont-d'Or pour notre tenue. Ensuite, on s'est retrouvés dans un restaurant juste à côté pour des agapes bien arrosées. On avait prévu le coup et pour ceux qui étaient venus en voiture, on avait désigné un chauffeur qui devait rester sobre. Moi, c'était ma femme qui m'avait déposé dans l'après-midi pour les préparatifs et mon fils, Martin, s'était proposé pour revenir me chercher. Il venait d'avoir son permis et dès qu'il avait une occasion de conduire, il sautait dessus...

La voix de Gaston s'étrangla dans un sanglot. Pour ma part, j'essayai de rester de marbre, il ne fallait pas que je m'attendrisse avant la fin de l'histoire. Il s'essuya les yeux et reprit :

— Sauf qu'il n'est jamais venu... Je me suis retrouvé seul sur le parking à essayer de le joindre sur son portable, mais ça sonnait dans le vide. Il était tard, plus de 1 h du matin, et j'ai eu du mal à faire lever ma femme pour qu'elle vienne me chercher. J'étais fou de rage contre Martin... Si seulement j'avais su... Sur le chemin, elle avait croisé un camion de pompiers et des gendarmes affairés autour d'une voiture qui avait percuté la rambarde de sécurité et fait un saut dans le vide... pour venir s'encastrer dans un arbre quelques mètres plus bas. Ce n'est que quelques heures plus tard qu'on a compris que Martin était le chauffeur...

— Et t'as découvert comment s'était vraiment déroulé l'accident, c'est ça ?

Il serra les poings et la mâchoire.

— Dans l'un des groupes de covoiturage que nous avions formés, celui qui devait rester sobre... c'était cet enculé de Gabriel Laffont !

Je fus surpris de la tournure que prenait tout à coup cette histoire et fronçai les sourcils.

— Il était bourré et a provoqué l'accident ? tentai-je.

— Pas du tout... Il est resté sobre toute la soirée. Il avait simplement repéré une petite serveuse qui lui avait tapé dans l'œil et l'avait draguée durant tout le repas. On est restés jusqu'à la fermeture du resto et elle a proposé à Laffont de continuer la soirée chez elle. Il était censé reconduire Amar, Janis et Pascal chez eux, mais quand ils ont compris qu'ils allaient lui griller son plan cul, Amar s'est proposé pour conduire à sa place. Selon lui, il avait bu seulement quelques verres et avait fini le repas à l'eau. Les deux autres marchaient à peine droit ; c'est sûr qu'à côté d'eux, il avait l'air plus frais. Laffont est parti de son côté et Amar a joué les chauffeurs de taxi. Et c'est là que... dans un virage à quelques centaines de mètres sur le trajet retour, il a provoqué l'accident...

— Il a percuté la bagnole de Martin ?

— Non... Apparemment, ça chahutait pas mal dans la voiture d'Amar et il roulait presque sur la voie de gauche dans un virage en tête d'épingle. Martin est arrivé en face et il a fait une embardée pour éviter l'accident...

— Comment tu sais tout ça ? demandai-je, intrigué.

— C'est Amar qui m'a tout raconté. Pendant des années, j'ai cru que mon fils était mort par sa propre faute. Il n'avait pas mis sa ceinture et la sortie de route lui avait été fatale. Mais après une réunion que j'avais organisée ici avec quelques frères, dont Amar, il n'est plus venu en loge. Il ne répondait plus à nos coups de fil, il s'était mis en arrêt et semblait s'être terré chez lui. Alors, un jour, je suis passé le voir pour lui apporter mon soutien et tenter de savoir ce qui n'allait pas. Et là, il a craqué, il a fondu en larmes et a craché le morceau. C'est quand il a vu la photo de Martin chez moi qu'il a compris que c'était mon fils.

Gaston renifla et essuya quelques larmes le long de ses joues. J'en profitai pour me glisser dans un interstice de la conversation :

— Comment il a fait pour reconnaître Martin ? Il a dû à peine apercevoir son visage quand les voitures se sont croisées.

— C'est là que l'horreur prend toute son ampleur, répondit-il, la tristesse laissant place à la colère. Quand ils ont réalisé ce qui venait de se passer, ils se sont arrêtés et sont descendus voir dans quel état était le conducteur. Ils ont vite compris que Martin était mort et qu'ils venaient de se mettre dans la merde jusqu'à la fin de leurs jours. Mais comme les voitures ne s'étaient pas touchées et qu'aucun témoin n'avait assisté à la scène à cette heure tardive sur cette petite route de l'arrière-pays lyonnais, ils ont maquillé leur faute en accident. Ils ont débouclé la ceinture de Martin et l'ont laissé pour mort, comme un vulgaire chien écrasé au bord de la route. Finalement, les trois frères ont fait ce qu'ils savaient faire le mieux : s'entraider et garder le secret.

Un détail de son récit m'interpella.

— Personne n'a reconnu Martin ?

— Non, il venait à peine d'entrer dans ma vie à l'époque, personne de la loge ne connaissait son existence. C'était quelque chose que je n'étais pas encore prêt à partager avec mes frères.

— Et c'est quand Amar t'a tout raconté que t'as pété un câble ?

Il écarquilla les yeux et je pus voir ses pupilles s'étrécir. Ses jointures étaient blanches, sa mâchoire contractée.

— J'ai vrillé, Romeo, complètement. Ces types avaient provoqué la mort de mon seul enfant et s'étaient tus... Ils n'ont même pas essayé de voir s'il était possible de faire quelque chose pour sauver Martin !

— Tu m'as dit qu'Amar t'avais confessé avoir compris que Martin était mort, le coupai-je.

— C'était son... *leur* interprétation à ce moment-là, aucun d'eux n'était médecin à ce que je sache ? Ces trois merdes se sont juste dit qu'ils pourraient passer entre les gouttes et sauver leurs miches. Si au moins ils avaient appelé les pompiers, le SAMU, peut-être que Martin serait encore vivant et que tout ça aurait pu être évité...

Alors, j'ai pris le premier truc qui me tombait sous la main et je lui ai ouvert le crâne en deux.

Gaston plongea de nouveau son visage dans ses mains tremblantes.

— Pourquoi toute cette mise en scène, Gaston ?

Il s'essuya les yeux et continua son laïus, le regard dans le vide :

— Je voulais que les autres sachent... La symbolique était trop belle ! Les trois mauvais frères, c'était eux ! Je voulais qu'ils n'en dorment plus la nuit, qu'ils pensent que la fatalité pouvait s'abattre sur eux à tout moment, que le danger était partout. Janis et Pascal ne savaient pas que le jeune qui était mort au volant était mon fils, personne ne connaissait mon passé, ni mon nom d'avant. Je venais juste de renouer les liens avec Martin et sa mère, il était à peine revenu dans ma vie que ces trois assassins me l'enlevaient. Je voulais qu'ils payent, qu'ils sentent l'étau se refermer sur eux, qu'ils vivent dans la panique, qu'ils se tapent des nuits d'insomnie avant que je les crève comme les pauvres mortels qu'ils étaient.

— Pourquoi cette mascarade autour de Laffont ? lui demandai-je, même si j'avais une bonne idée de la réponse.

— Je voulais que la presse s'en empare, que le doute s'installe chez Laffont. Peut-être que l'un d'eux l'avait mis au courant, peut-être qu'il aurait fait le lien en voyant mourir ses frères un par un, peut-être...

— Mais rien n'est sorti dans la presse... En tout cas, pas au début de l'affaire.

— Qu'est-ce que tu veux que je te dise, Romeo ? Faut croire que je suis un bon à rien... Je n'ai pas imaginé que la police garderait tout ça secret : on vit quand même dans un monde où ce genre d'info fait les gros titres tous les jours.

— C'est pour ça que tu as accepté de m'introduire dans ta loge en tant qu'indic ?

— Tu m'as dit que tu bossais pour les flics. Ça me permettait d'élaborer un alibi solide. J'étais au plus près de l'enquête, je ne pouvais pas être coupable.

— Je comprends pourquoi tu m'as d'abord envoyé chier puis que tu t'es ravisé si vite !

— Je pouvais pas laisser passer l'occasion, tu peux comprendre ça, Romeo. On vient du même monde, on sait reconnaître une aubaine quand elle se présente.

— Et t'en as profité pour tout balancer à la presse en sachant que ça me retomberait sûrement dessus ?!

— On est des bandits, Romeo. Aux yeux de la police, tu en resteras un toute ta vie, dit-il avant de marquer une pause. Quoi qu'il en soit, ça n'a pas du tout eu l'effet escompté.

Il n'avait pas vraiment répondu à ma question, mais je ne relevai pas. Mon regard se posa sur l'accréditation qui lui donnait accès au public de l'émission de télévision où allait se dérouler le débat.

— Tu comptais faire quoi en montant à Paris ? Saigner Laffont devant les caméras ?

— Je sais pas... Je suis foutu, de toute façon... Je veux que ce connard paye pour n'avoir pas honoré sa promesse ; c'est un putain de franc-maçon, il sait plus que quiconque ce qu'est un serment ! Il aurait dû reconduire tout le monde ce soir-là, comme c'était prévu, et rien de tout ça ne serait arrivé. Mais il a préféré penser avec sa queue !

Gaston avait levé le poing en l'air tel un révolutionnaire prêt à en découdre avec la bourgeoisie. Il me faisait de la peine, à vrai dire. Moi, l'ancien braqueur qui avait bossé avec lui, pointant mon fusil à pompe sur lui pour lui faire avouer ses crimes de vengeance. Pour un fils qu'il avait perdu à tout jamais... Mon esprit se focalisa sur Léo le temps d'une fraction de seconde. Aurais-je été capable de tuer pour elle ?

— Je sais que tu as perdu Martin à cause d'eux, mais c'était juste un accident, Gaston, lui dis-je sur un ton posé.

— Tu n'as qu'à prendre leur défense pendant que t'y es ! cracha-t-il, des flammes dans le regard.

— Regarde où tu en es à cause de tout ça... Rien ne pouvait te ramener ton fils.

— Œil pour œil...

— OK, Gaston, mais là... c'est disproportionné, tu...

— Ta gueule ! me coupa-t-il. Tu vas pas me faire la morale, maintenant ? Pas toi, Romeo, pas toi !

J'avais perdu Oudin. L'infinie tristesse de perdre la chair de sa chair avait fait place à une rage inextinguible ; tenter de lui faire ouvrir les yeux était peine perdue. Et il avait raison, je n'allais pas me mettre à lui faire la morale, pas moi, même si je n'avais jamais fait couler le sang. Des larmes, peut-être, mais pas de sang. Je restai là à le fixer comme un con qui tient un fusil à pompe. La communication avait été rompue, nos mondes se séparaient, nos idéaux divergeaient là, au beau milieu de cette chambre qui puait la sueur et le chagrin.

Après avoir soutenu mon regard pendant un long moment, il laissa tomber sa tête et se remit à sangloter en marmonnant des phrases indistinctes. Je fis deux pas de côté et tendis le bras pour me saisir de mon téléphone. J'approchai le combiné de mon oreille :

— Vous êtes toujours là, commandante ?

— Tu es chez Oudin ?

— Affirmatif.

— Il est toujours là ou tu l'as laissé filer ?

— Toujours là.

— OK, on arrive tout de suite !

Clic.

J'enfonçai le portable dans ma poche et m'agenouillai près de Gaston.

— Oudin, dis-je dans un murmure bienveillant, les flics vont débarquer. Si tu veux te tirer, t'as quinze minutes devant toi. Je te conseille d'attendre sagement ici, sinon tu vas devoir vivre toute ta vie avec des squelettes dans le placard qui vont te hanter jusqu'à ton dernier souffle. Paie ta dette. Van Deren vient d'écouter ton histoire, t'auras juste à la lui répéter en détail et à signer au bas de la feuille. Ça te soulagera, crois-moi.

Était-ce la vérité ? Aucune idée. Qui étais-je pour lui filer des conseils de vieux sage alors que le seul crime que j'avais commis était celui d'alléger le coffre-fort des banques et des casinos ? Personne. Je n'ai jamais eu de sang sur les mains. Son fils était mort par la faute de trois inconscients qui avaient camouflé leur crime. Est-ce que ça valait la peine qu'ils meurent pour ça ? Trois vies pour une seule... Trois familles décimées dans des circonstances atroces et voilà que Gaston en détruisait une nouvelle en se transformant en tueur sanguinaire : la sienne, ou ce qu'il en restait. Il en faudrait, des siècles d'exemplarité franc-maçonne, pour effacer tout ça, tiens.

J'assénai trois petites tapes sur l'épaule de Gaston qui ne broncha pas. Son corps ressemblait à celui d'un pantin usé qui venait de jouer son dernier numéro. Il regardait toujours ses pieds, les yeux écarquillés, comme s'ils allaient trouver en eux la solution à tous ses problèmes.

Il était temps pour moi de m'éclipser et de laisser faire le destin. J'avais plus urgent sur le feu.

37

Mon palpitant tournait à plein régime. J'avais cru faire une syncope à plusieurs reprises. Je me trouvais désormais devant la porte d'entrée d'un appartement.

Soudain, la minuterie du couloir me plongea dans le noir. Pour la troisième fois. Ça devait bien faire un quart d'heure que j'étais planté là, devant cette foutue porte, comme un garde anglais à qui les enfants s'amusent à faire des grimaces pour voir s'il va broncher. Je n'avais pas bougé d'un iota, moi, mais je n'en menais pas large.

Je pointai un index fébrile sur le bouton de la sonnette et appuyai. Je crus sur l'instant que mon cœur venait d'être balancé dans le vide, du trentième étage de la tour du Crédit lyonnais.

Parquet grinçant. Sons de pas étouffés. Puis la porte s'entrouvrit lentement.

Un petit bout du nez de Léo dépassa de l'embrasure et mon cœur flancha une nouvelle fois.

Je souris et je vis ses yeux pétiller, même si à l'aide d'un froncement de sourcils, elle essayait de me prouver le contraire.

— Qu'est-ce que tu fais là ? me demanda-t-elle.

Au loin, j'entendis un « C'est qui ? » qui me glaça le sang. Puis vinrent d'autres bruits de pas. Rapides. De plus en plus déterminés.

Lacey Grubb, la mère de Léo, mon ancien amour éphémère, s'approchait comme une mère lionne de la hyène importune. La hyène, c'était moi.

D'un coup sec, elle ouvrit la porte en grand.

Devant moi, les deux amours de ma vie. L'un, mort et enterré il y avait plus de quinze ans, et l'autre, totalement naissant.

— Léo a raison, qu'est-ce que tu fous là ? beugla l'Américaine dans un français quasi parfait.

Je fouillai dans ma poche et en extirpai un document que je pris soin de déplier devant les deux paires d'yeux en face de moi. L'en-tête du papelard était à l'effigie du laboratoire Alliance Genève.

— Ceci est le résultat d'un test de paternité que j'ai fait faire il y a quelques jours. Il est revenu positif, dis-je avec la voix légèrement tremblante.

— Pourquoi t'as fait ça ? Ma parole ne t'a pas suffi ? intervint Léo et son ton aigre me transperça comme une lame en plein cœur.

Je commençai à regretter d'être venu.

— C'est pas ça, ma chérie, c'est juste que maintenant je peux te reconnaître officiellement.

Dans la moue qui déformait son visage, je décelai un début de sourire. Je jetai un regard aimable à Lacey.

— T'inquiète pas, je suis pas venu là pour chambouler toute ta vie, Lacey, je veux juste que tu saches que tu peux compter sur moi désormais. En ce qui concerne Léo, j'entends.

— Tu crois que je t'ai attendu ? cingla-t-elle.

J'aurais pu lui rétorquer que c'était elle qui m'avait caché pendant toutes ces années le fait que j'avais une fille, mais ça, c'était déjà un autre Romeo, celui du passé.

— Je veux faire les choses bien, répondis-je, de façon officielle. Léo est *notre* fille, je sais tout ce que tu as fait pour elle, mais maintenant on est deux. Tu peux t'appuyer sur moi. T'es pas obligée, évidemment, mais au moins, tu sais que je fais partie de l'équation maintenant. Je vais te verser une pension pour la petite ; là encore, t'es pas obligée d'accepter, mais...

— Je toucherai pas à ton fric, mais si tu y tiens, j'ouvrirai un compte à son nom.

OK, c'était *fair-play*. Mon cœur se remit enfin à battre quand je vis Léo me faire un grand sourire. Peut-être que c'était cette histoire de pognon qui lui faisait plaisir, allez savoir, le fruit n'était pas tombé bien loin de l'arbre.

— Je...

— Laisse-moi réfléchir à tout ça à tête reposée, me coupa Lacey.

Elle baissa le regard vers sa fille et reprit :

— On doit aussi en parler toutes les deux.

— OK, dis-je dans un murmure accompagné d'un hochement de tête.

Léo tendit les bras et m'agrippa le cou. Elle attira mon visage vers le sien et déposa un long baiser sur ma joue.

— C'est stylé, la barbe, mais ça pique !

Ma gorge se serra et je me contentai de plisser les yeux dans une tentative de sourire. Un silence s'installa et je le brisai avant qu'un malaise ne vienne gâcher la fête :

— OK, répétai-je. Je vous laisse, alors.

— Léo te dira.

La porte se referma sur elles, me laissant seul dans la pénombre du couloir. Personne ne put le voir, mais je souriais à pleines dents.

38

Après une tonalité, Van Deren décrocha :

— Enfin ! Tu daignes me répondre. Qu'est-ce qui t'a pris de disparaître comme ça ? gueula-t-elle à travers le téléphone.

— J'avais besoin de me sortir cette affaire de la tête.

— Je t'ai appelé des milliers de fois, j'ai...

— Je sais, j'ai écouté soigneusement tous vos messages, fis-je avec le ton de voix du premier de la classe. Je suis content que ça se soit bien terminé.

Ces derniers mots parurent l'apaiser, car elle reprit la conversation plus calmement. C'était toujours comme ça avec Van Deren : elle mordait d'abord et elle vous caressait ensuite. Une vraie schizo des relations humaines.

— T'as été con d'avoir fait le mort, je voulais t'inviter au resto pour te remercier de ta coopération sur l'affaire Oudin.

— Pour manger des spaghettis carbo avec de la crème fraîche, non merci.

— Pousse pas ta chance trop loin, Brigante.

— Je déconne, commandante, c'est gentil de votre part, mais je pense qu'après ce que je vais vous montrer, vous vous direz que vous avez bien fait d'attendre cette nouvelle occasion.

— Qu'est-ce qui vaut plus un resto que les aveux d'Oudin sur une des plus grosses affaires de meurtres en série de ces dix dernières années ?

— Vous verrez bien. Vous pouvez être au coin de ma rue dans une heure environ ?

— Voilà qu'il me donne des ordres, celui-là !

— Vous n'allez pas le regretter.

Elle marqua une pause puis reprit :

— T'es toujours à ton hôtel ?

— Non, j'ai profité de ces dernières vingt-quatre heures pour regagner mes pénates. Je suis de nouveau chez moi, dans le 5e.

— Dans une heure sur le quai au pied de ton immeuble, dit-elle sur un ton péremptoire comme si c'était elle qui m'imposait cet emploi du temps.

— Parfait ! Et venez avec un pied-de-biche, c'est très important.

— Hein ?

— Je vous attends dans une heure !

Un tour d'horloge plus tard, je vis débouler Van Deren au volant de sa voiture de service. Alors qu'elle déverrouillait la portière et que je m'engouffrais dans l'habitacle, elle plongea la main derrière le siège passager et brandit un pied-de-biche à hauteur de mon visage.

— Je te préviens, Brigante, si tu te fous de ma gueule, c'est aux urgences que t'iras te faire retirer ce machin d'où je pense !

Je ne pus contenir un rire tonitruant.

— On va où ? lâcha-t-elle en guise de point final à mon éclat de joie.

— Faites demi-tour, longez les quais de Saône pendant une dizaine de minutes et je vous dirai quand tourner à droite.

— Je ne sais pas ce que tu me fais, Brigante, mais ça a intérêt à valoir le coup, dit-elle en secouant la tête.

Je ne répondis pas, mais elle sembla voir dans mon sourire qu'elle ne serait pas déçue, alors elle enclencha la première et nous engagea sur le chemin que je lui avais indiqué.

Après quelques minutes de route, la voix de la commandante passa par-dessus le bruit du moteur :

— Tu veux des nouvelles de ton pote ?

— Qui ? Gaston ? demandai-je en me tournant vers elle, interloqué.

— Oui.

— Tout ce que je sais, c'est qu'il est resté chez lui à vous attendre lui mettre les pinces. Ça me suffit.

Van Deren laissa défiler l'asphalte sous les roues pendant quelques secondes puis lança :

— J'aurais jamais pensé dire ça un jour, mais merci, Brigante. T'as eu du nez, t'as été un meilleur enquêteur que nous et t'as joué ton rôle jusqu'au bout. Je vais pas te filer une médaille non plus, mais t'as fait ce qu'il fallait. Et ces aveux par téléphone... Une grande idée !

Je n'allais pas me réjouir du fait que Gaston allait croupir en taule pendant un très long moment, mais je n'allais pas chialer non plus. Il avait fauché trois vies. Certes, ces gonzes-là n'étaient pas blancs comme neige, mais ils auraient mérité un procès équitable, pas une sentence impérieuse et absolue sans le moindre moyen de s'expliquer. Je n'aurais jamais cru penser ça un jour non plus, tiens, mais sur ce coup-là, il fallait passer par la justice, pas la faire soi-même.

Sur notre droite, le grand parking d'un complexe hôtelier apparut dans notre champ de vision et j'indiquai à Van Deren de braquer le volant. Elle s'exécuta, non sans afficher une grimace décontenancée, à la limite de l'agacement.

— Garez-vous là, fis-je en pointant une place libre de l'index.

La tronche de la commandante s'ombragea. Elle coupa le moteur et nous nous glissâmes hors du véhicule. Je fléchis légèrement les jambes pour me pencher en avant et saisir le pied-de-biche.

— Vous allez devoir jouer de votre carte de police, on va traverser l'hôtel.

— Je te préviens, Brig...

Elle n'eut pas le temps de terminer que j'étais déjà loin devant, à quelques mètres de la porte d'entrée du bâtiment. Van Deren m'emboîta le pas, brandissant sa carte à chaque froncement de sourcils de la part des employés de l'hôtel. Je fonçai sur la terrasse de l'autre côté de la piscine extérieure et déplaçai une table et des chaises.

Quand j'arrachai une première latte de bois, un responsable accourut dans notre direction et Van Deren le stoppa net dans son élan :

— Ceci est une enquête de police, monsieur, laissez-nous travailler.

— Mais... balbutia le type. Vous avez un m...

— Un mandat ? On n'est pas aux États-Unis, monsieur. Je suis la commandante Van Deren de la DIPJ de Lyon, ça devrait vous suffire, tonna-t-elle en lui collant sa carte professionnelle sous le tarin.

Je démontai une seconde latte et trouvai enfin ce que je cherchais.

— Ici ! lâchai-je, presque heureux de mon petit manège. Venez voir.

Le visage de la commandante ne quitta pas son air interloqué alors qu'elle s'approchait à pas lents. Je lui montrai un mégot de cigarette du doigt.

— Le clope de Perez, dis-je presque solennellement.

— Comment tu sais que c'est précisément celui-là ?

— C'est des Bastos, une marque espagnole, je n'ai aucun doute.

Van Deren écarquilla les yeux. Comme elle ne bronchait pas, je relançai :

— On s'est vus ici, Perez et moi. On a papoté. Et quand je l'ai vu allumer une cigarette puis jeter le mégot, je me suis dit que je tenais là la preuve ultime que vous attendiez. L'ADN d'Antoine Perez est partout sur ce petit bout de machin. Vous avez des gants ?

Les yeux de Van Deren parurent s'illuminer et pour la première fois depuis un bon moment, je pus voir son visage se détendre et sourire.

Elle fouilla la poche intérieure de sa veste, extirpa un gant de latex bleu et un sachet en plastique transparent.

— Vous vous baladez tout le temps avec ça sur vous ? demandai-je, surpris.

— Je suis pas fleuriste, Brigante, au cas où t'aurais oublié. Oui, à la Crim' on se balade avec ce genre de trucs sur nous.

Elle avait repris son ton sarcastique et cinglant. Tout allait bien.

Les traces d'ADN sur le mégot pourraient être comparées à celui sur le flingue qui avait fait feu sur son père et si tout se déroulait comme prévu, elle pourrait enfin ouvrir une enquête et commencer à voir le bout du tunnel. Il y avait fort à parier que la police mettrait tous ses moyens en œuvre pour boucler l'affaire. On avait touché l'un des leurs, et ça, ça ne pardonnait pas chez les flics.

Pour ma part, si je suis honnête avec vous, je savais que je me sentirais mieux si Perez se retrouvait derrière des barreaux. Vivre caché avec cette épée de Damoclès espagnole au-dessus de ma tête, j'en avais définitivement ma claque.

Van Deren se redressa, un rayon de soleil éclaira son visage et sublima son regard bleu et glacial. Elle plissa les yeux quelques secondes dans une moue presque enfantine. Elle empocha le sachet et se tourna vers moi :

— Si les ADN correspondent, je te dois un resto. Ton choix.

Pour toute réponse, je lui adressai un sourire franc. C'était bien la première fois que je souriais franchement à un flic.

FIN

NOTES

Chapitre 1

1. Direction Interrégionale de la Police Judiciaire.

Chapitre 7

1. Indian Pale Ale.

Chapitre 8

1. Renseignements généraux.
2. Frédéric Ropert et Aymeric Chopin, voir tome précédent : *Liberté conditionnelle.*

Chapitre 11

1. Voir le tome précédent : *Liberté conditionnelle.*

Chapitre 19

1. Vent sec et chaud.

Chapitre 31

1. Frère.

Chapitre 32

1. Vénérable maître.

Chapitre 34

1. Enfant.

ET MAINTENANT ?

Tout d'abord, je tiens à vous remercier pour votre confiance et j'espère de tout cœur que vous avez apprécié cette histoire. Si c'est le cas, rien ne me ferait plus plaisir qu'un petit commentaire de votre part au sujet du livre sur vos réseaux sociaux, sur vos sites littéraires favoris tels Babelio ou Bepolar, ou tout simplement sur la plateforme où vous vous êtes procuré ce roman.

D'un côté, ça aide grandement les éventuels lecteurs à faire leur choix et d'un autre, ça permet à un auteur indépendant comme moi d'obtenir un tout petit peu plus de visibilité dans cet océan de livres où les grandes maisons d'édition et les auteurs célèbres tiennent le haut du pavé.

C'est votre mission, j'espère que vous l'accepterez et ne vous inquiétez pas, ce message ne s'autodétruira pas dans cinq secondes !

PS : pour vous remercier de m'avoir accordé votre temps et d'être allé au bout du récit, j'ai un cadeau pour vous... **Tournez la page pour le découvrir !**

VOTRE E-BOOK OFFERT !

UNE ÎLE. CINQ PRÉTENDANTS À UN HÉRITAGE MYSTÉRIEUX. AUCUNE ISSUE…

Recevez gratuitement et en exclusivité le premier épisode de ma série thriller **MACHINATIONS** grâce au lien suivant :

www.floriandennisson.com/livre-cadeau
(ou en le recopiant sur votre navigateur Internet).

PRÉCISIONS…

La plupart des révélations faites dans ce livre au sujet de la Franc-Maçonnerie et de ses pratiques ont volontairement été modifiées. Celles qui ne trahissent aucun secret ont été laissées telles quelles. Mais à moins d'être vous-même dans la confidence, vous ne saurez pas lesquelles…

RESTONS EN CONTACT !

Après avoir passé des mois à construire ce nouveau roman, c'est vous qui lui donnez vie en le lisant et pour ça, je dois vous remercier encore une fois chaleureusement. J'espère que vous avez pris autant de plaisir à vous plonger dans ce polar que j'en ai eu à l'écrire.

Je suis ce qu'on appelle un auteur indépendant, c'est à dire que je me charge de toutes les étapes de la publication de chaque livre de A à Z. Même si j'ai la chance d'être accompagné par mes bêta lectrices et lecteurs, par ma correctrice et par tous ceux qui m'aident au quotidien, c'est une énorme charge et une entreprise bien solitaire qui me laisse néanmoins une grande liberté. Notamment celle de pouvoir être au plus près de mes lectrices & lecteurs à toutes les étapes de la conception d'un nouveau roman, et ça, ça n'a pas de prix.

L'aventure ne s'arrête donc pas là ! Et la meilleure façon pour me retrouver, connaître les sorties de mes prochains romans, bénéficier de promotions exclusives, recevoir des livres gratuits et tout savoir sur l'envers du décor de mon métier d'écrivain, c'est en vous inscrivant à mon **Groupe de lecteurs** ici :

www.floriandennisson.com/inscription

Pour le reste, je suis également présent sur les différents réseaux sociaux et vous pourrez en savoir plus sur mes inspirations, ma façon de travailler, mes personnages, mes coups de cœur et mes coups de gueule lecture, etc.

Rejoignez-moi avec d'autres lecteurs ici :

facebook.com/floriandennisson
twitter.com/Fdennisson
instagram.com/floriandennisson

MES AUTRES ROMANS

DÉCOUVREZ MON UNIVERS

LIBERTÉ CONDITIONNELLE

Si vous êtes tombé.e sur ce roman sans avoir lu le premier de la série, je ne saurais *que* vous le conseiller !

Un ancien bandit, de vieilles connaissances qui refont surface et la police qui s'en mêle : c'est le cocktail explosif de ce roman policier aux allures de polar noir.

Quinze ans après le casse du siècle, Romeo Brigante croit couler des jours paisibles en jouant les tenanciers de bar, mais il est très vite rattrapé par ses fantômes du passé. En conditionnelle et suivi de près par la commandante Sofia Van Deren et son équipe, il va devoir choisir son camp : tourner définitivement le dos au milieu du banditisme ou refuser de coopérer avec la police et risquer un retour en prison ?

Ce que les lecteurs en disent :

"Excellent moment que j'ai partagé avec les personnages de ce polar à la française. L'intrigue est au top, on se laisse aller auprès de ce vieux taulard (pas si vieux en fait). L'écriture est elle aussi d'un haut niveau et participe activement à l'ambiance. Personnellement c'est le deuxième livre de cet auteur que j lis et je ne suis pas déçu . À lire absolument."

— ERIC13190 : ★★★★★

"L'histoire est bien enlevée, trépidante, écrite dans un style rapide sans temps morts. Le suspense est maintenu jusqu'à la fin. Une fois le livre terminé on a envie de connaître la suite des aventures de Romeo Brigante et de son entourage."

— KRIS : ★★★★★

Comment obtenir ce livre ?

Rien de plus simple ! Vous pouvez vous le procurer dans toutes les versions de votre choix (e-book, papier et même en audio !) en vous rendant sur ma boutique. Pour ce faire, tapez le lien suivant dans votre navigateur :

www.floriandennisson.com/boutique.

Sinon, rendez-vous chez votre libraire préféré et commandez-le !

LA LISTE

Quatre noms sur une liste. Quatre victimes introuvables. Comment les identifier et briser le silence ?

L'adjudant Maxime Monceau, spécialiste du langage non verbal, se voit chargé d'enquêter sur une affaire mystérieuse qui met la Brigade de recherches dans une impasse. Un homme étrange s'est présenté de lui-même à la gendarmerie pour s'accuser d'assassinat.

Problème, hormis une unique phrase qu'il psalmodie en boucle, l'inconnu reste totalement muet sur son identité et les raisons qui l'ont poussé à l'acte.

L'horloge tourne et, sans constatations ni

victimes, ce suspect pourrait se retrouver en liberté et continuer sa folie meurtrière.

Ce que les lecteurs en disent :

"C'est mon premier livre de cet auteur, et je suis ravie de l'avoir choisi. En effet, l'intrigue est bien menée, les personnages sont attachants et bien sûr, la cerise sur le gâteau, la fin très inattendue ...

A lire sans hésiter !"

— Mireille83 : ★★★★★

"Bel objet, rythme qui nous tient en haleine. On tourne les pages sans même s'en rendre compte pour connaître la suite, s'enfoncer encore plus dans l'univers de Florian Dennisson que j'adore toujours plus à chaque nouveau roman. Des descriptions parfaitement menées, une bonne intrigue, un personnage principal attachant, mystérieux, bref, un excellent roman !!! MERCI !"

— Virginie Laforme : ★★★★★

Comment obtenir ce livre ?

Rien de plus simple ! Vous pouvez vous le procurer dans toutes les versions de votre choix (e-book, papier et même en audio !) en vous rendant sur ma boutique. Pour ce faire, tapez le lien suivant dans votre navigateur :

www.floriandennisson.com/boutique.

Sinon, rendez-vous chez votre libraire préféré et commandez-le !

MACHINATIONS

Une île privée et recluse, cinq prétendants à un mystérieux héritage, aucune issue...

Naima, Eugénie, Hugo, Bertrand et Victor ne se connaissent pas, pourtant ils vont tous se retrouver au même endroit, dans un port de Bretagne un soir d'hiver, après avoir reçu un courrier au sujet d'un héritage provenant d'un riche ancêtre dont l'identité est jalousement gardée secrète.

Un bateau doit les amener sur une île dont ils ne savent rien et peu après leur arrivée, le huis clos va virer au cauchemar. Pour protéger leurs vies dans un piège qui ne semble avoir aucune issue, ils vont devoir découvrir qui tire les ficelles de cette étrange machination ?

Ce que les lecteurs en disent :

"Laissez-vous embarquer par ce thriller. Une fois commencé, chaque page est un rebondissement, pas de longueurs inutiles, du pragmatisme. Ce fut un régal de lire ce livre tout à fait dans la ligne des autres romans de l'auteur que je vous encourage à lire."

— STBFH : ★★★★★

"Après un démarrage ressemblant aux "10 petits nègres", avec ses disparitions les unes après les autres... Je me demandais comment la suite du roman allait être. Je n'ai pas été déçue pas la suite. Il s'agit d'un polar, dont le suspense est haletant. Les personnages sont attachants. Je recommande vivement !"

— ANDEL LAURENCE : ★★★★★

Comment obtenir ce livre ?

Rien de plus simple ! Vous pouvez vous le procurer dans toutes les versions de votre choix (e-book, papier et même en audio !) en vous rendant sur ma boutique. Pour ce faire, tapez le lien suivant dans votre navigateur :

www.floriandennisson.com/boutique.

Sinon, rendez-vous chez votre libraire préféré et commandez-le !

UN VOISIN ÉTRANGE

Voici mon tout premier **roman à suspense pour la jeunesse.** J'ai pris beaucoup de plaisir à me prêter à l'exercice et si je peux transmettre le virus de la lecture ne serait-ce qu'à un enfant ou pré-ado, j'en serais le plus heureux !

Pendant les vacances de la Toussaint, Olivier Leroy pénètre sans en avoir le droit sur le terrain d'une des maisons de son village et fait une découverte étrange ayant peut-être un rapport avec l'une des énigmes les plus célèbres de l'Histoire. Le lendemain, un voisin bizarre vient s'installer en face de chez lui, dans une maison délabrée dont personne n'a jamais voulu depuis des décennies. Puni et ayant interdiction de sortir de chez lui, Olivier va avoir beaucoup de mal à mener son enquête et résoudre les mystères qui s'accumulent autour de lui.

Ce que les lecteurs en disent :

"On connait Florian DENNISSON pour ses romans à suspense. Avec "Un voisin étrange", il se lance dans le roman jeunesse. Essai réussi. On retrouve la patte du suspense qui maintient le lecteur en haleine. Les jeunes adolescents qui se sentent un peu espion ou un peu enquêteur ou un peu aventurier ou les trois devraient trouver dans ce roman de quoi attiser leur intérêt et leur passion."

— MARTINE LEGRAND : ★★★★★

"Avis écrit par ma fille : Grâce à ce livre, j'ai imaginé plein d'aventures et j'ai passé un bon moment. Il était génial et il m'a bien passionné. Armonie 8 ans."

— STEPH & SA FILLE ARMONIE :

★★★★★

Comment obtenir ce livre ?

Rien de plus simple ! Vous pouvez vous le procurer dans toutes les versions de votre choix (e-book, papier et même en audio !) en vous rendant sur ma boutique. Pour ce faire, tapez le lien suivant dans votre navigateur :

www.floriandennisson.com/boutique.

Sinon, rendez-vous chez votre libraire préféré et commandez-le !

TÉLÉSKI QUI CROYAIT PRENDRE

Plus de **60 000 lecteurs** on plongé dans cette nouvelle aventure du Poulpe dans le style de ses origines en hommage à Jean-Bernard Pouy.

Privé de son quotidien de prédilection, Gabriel Lecouvreur, dit le Poulpe, se retrouve à éplucher les faits divers d'un journal de province. Il s'entiche d'une affaire étrange qui va le mener dans la noirceur des secrets d'une des familles les plus puissantes de Courchevel.

Un magnat du monde de la nuit laissé pour mort au beau milieu de son chalet de luxe et de vieilles connaissances de Gabriel accusées à tort, c'est le Poulpe au pays de l'or blanc.

Ce que les lecteurs en disent :

"Titre qui donne envie de lire ce roman que j'ai tout simplement dévoré. Je l'ai trouvé bien écrit, bien tourné avec beaucoup d'humour et de jeux de mots, je ne me suis pas ennuyée. C'est agréable d'avoir des intrigues qui se passent en France. Je ne peux que vous le conseiller."

— ANGÉLIQUE : ★★★★★

"Super ! Florian Dennisson fait revivre Le Poulpe. Qui plus est dans cette belle région des Alpes que l'auteur connaît bien, pour être originaire d'Annecy. L'histoire est bien torchée et Le Poulpe défait les fils emmêlés avec une dextérité de semi-professionnel désinvolte. J'ai passé un bon temps à lire ce livre. Bravo et merci."

— JEFPISSARD : ★★★★★

Comment obtenir ce livre ?

Rien de plus simple ! Vous pouvez vous le procurer dans toutes les versions de votre choix (e-book, papier et même en audio !) en vous rendant sur ma boutique. Pour ce faire, tapez le lien suivant dans votre navigateur :

www.floriandennisson.com/boutique.

Sinon, rendez-vous chez votre libraire préféré et commandez-le !

CHAMBRE
NOIRE

69, rue de Provence, 75009 Paris

www.chambre-noire-editions.com
Achevé d'imprimer en Pologne
Dépôt légal juin, 2020

www.ingramcontent.com/pod-product-compliance
Lightning Source LLC
Chambersburg PA
CBHW031442160726
47994CB00005B/1831